講談社文庫

Cocoon

京都・不死篇5—巡—

夏原エヰジ

講談社

〈文野閑馬（蘆屋道満）〉

人形師。黒雲の協力者だったが、
その正体は平安の世から
生き続ける陰陽師・
蘆屋道満。

〈瑠璃〉

本シリーズの主人公。鬼斬りの能力を持つ。
元・吉原の花魁。片腕と引き換えに最強の鬼・
平将門を倒したが、生き鬼を救う術を
探ろうと京都に来たところ、
新たな敵「夢幻衆」と出くわす。
鬼退治組織「黒雲」頭領。

〈蓮音〉

島原の太夫。
美人だが性格は悪い。
瑠璃を敵視する
「夢幻衆」の一員。

〈麗〉

瑠璃が京都で出会った女の子。
実は「夢幻衆」の一員で、
鬼の角を持つ。

〈陀天〉

伏見・稲荷山の稲荷大神。
巨大な黒狐。陰陽師・
蘆屋道満の育ての親
でもある。

夢幻衆

師・蘆屋道満の不老不死を望む謎の陰陽師集団。蟠雪、菊丸、蓮音は倒された。

〈こま〉
狛犬。ちょっと寂しがり。

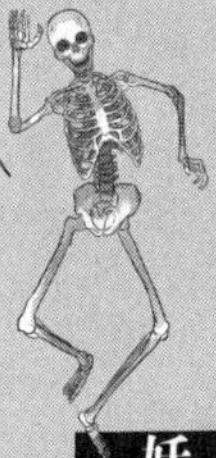

〈がしゃ〉
陽気な髑髏。

妖たち

〈宗旦〉
妖狐。人間に変化する。

〈お恋〉
狸の姿をした、信楽焼の付喪神。

〈白〉
雄の猫又。妖鬼に取りこまれるも、仲間のために自死を選ぶ。

〈露葉〉
若作りの山姥。薬作りが得意。妖鬼に取りこまれるも一命をとりとめる。

〈長助〉
袖引き小僧。妖鬼に取りこまれた末に死亡。

〈油坊〉
油すまし。酒造りが趣味。

キャラクターイラスト　長乃

黒雲

〈瑠璃〉

〈栄二郎〉
双子の弟。
豊二郎と結界を作る。
瑠璃に特別な
想いを抱いている。

〈権三〉
大男。自分の店を持ち、
板長をしている。
金剛杵を操る。

〈豊二郎〉
双子の兄。
栄二郎と結界を作る。
瑠璃の妹分・ひまりと
所帯を持った。

〈錠吉〉
眉目秀麗な僧侶。
鬼退治の際は
錫杖で戦う。

Eiji Natsubara

夏原エキジ

コクーン

COCOON

京都・不死篇 5

巡〈めぐる〉

序

時は平安《へいあん》――。

この日の夜空には一つの雲も見当たらなかった。降り注ぐ星明かりの下にチュン、チュン、と雀《すずめ》が鳴く微《かす》かな声がする。

冬の雀はふっくら丸々として見るに可愛《かわい》らしいものだ。それを両手で包みこむと、道満《どうまん》は屋敷の庭先にて天を振り仰いだ。ほう、と息を吐けば白い呼気が透徹した夜気に溶けていく。我知らず、笑みがこぼれた。

「見とうみ、雀っ子。あれが太歳神《たいさいじん》のおわす歳星《さいせい》や。その年の干支《えと》を司る幸運の星で、天子《てんし》さまの象徴でもあるんやで。ほんで向こうに見える明るい星がたたら星。今日は寒いけど、そのぶん空が綺麗《きれい》に見えるなあ」

「チュンッ」

「はは、おまはんもそう思うか。星っちゅうんはホンマに不思議や。単に美しいだけやなァて、先々に起こることまでも俺らに教えてくれるんやから……せや、もう一つ大事な星を確認しとかなあかん」

傍らの渾天儀《こんてんぎ》で方位を確かめつつ、視線を右へ左へと動かす。やがて道満は北斗七星のうち右から二番目の星に目を留めた。

しかしその瞬間「おや」と眉根《まゆね》を寄せた。

「妙やな、俺の目ェが悪なったんやろか？　昨晩まで変わった様子もなかったんに、何で急に――」

「蘆屋《あしや》道満どの」

いきなり聞こえた背後からの声。道満はビクッと飛び上がり、手の中にいた雀も弾みでひっくり返った。

「毎夜飽きもせず熱心なことや。して今宵《こよい》、天の動きはいかに？」

「晴明《せいめい》！」

振り向けば双子の兄、安倍《あべの》晴明が縁側に立っていた。

彼のまわりに舞うのは季節遅れの揚羽蝶《あげはちょう》。晴明が好む蝶であり、術に使う「式神《しきがみ》」の化身でもある。

「いつの間にそこにっ？　二人きりの時にその呼び方はやめぇ言うたやろ。今は他に誰もおらんのやさけ」

「ふ……せやったな、道満。我が弟よ」

晴明は理知的な面立ちにゆったりと微笑《ほほえ》みを浮かべる。齢《よわい》はすでに四十を越えているものの、道満と同じく年齢を露《つゆ》ほども感じさせぬ若々しさで、肌には皺《しわ》の一つさえない。それは二人が人間と狐《きつね》の間に生まれた「半妖」であることの証でもあった。

「その雀はどないした？」

「ああ、道端で怪我《けが》しとったんを見つけてな、軽く手当てしたったんや」

「そういえば前にも、罠にかかった野狐を助けとったなあ」

「け、獣を屋敷まで連れてきたゆうて怒っとるんか？　あの時は稲荷山《いなりやま》の狐たちと重なって、なんやら居ても立ってもおれへんくなって……」

「責めとるんやない。相変わらず優しい男やと思うたのや」

道満と晴明は双子であってもその実、顔立ちはほとんど似ていない。

垂れがちの目をして弱々しい印象の道満に比べ、晴明は凜《りん》としてやや吊り上がった目元。まっすぐに通った鼻梁《びりょう》。品のある唇《くちびる》。貴公子然としたかんばせの兄は実際よく宮中の女子《おなご》たちから秋波《しゅうは》を送られており、それが弟の道満にはほんの少しだけ、羨《うらや》ましくもあった。

――優しい、か。優しいだけじゃ、手に入らんモンもあるんやけどな……。

名声や栄達、富など、およそ人間が追い求める欲というものを山育ちの道満はいまひとつ持ちあわせていなかった。女子に関しても然《しか》りだ。されど、晴明が妻として迎えることになった女子、梨花《りか》だけは――。

気立てがよく笑顔の愛らしい梨花。「紅梅匂《こうばいのにおい》」の唐衣裳《からぎぬも》が誰よりも似合う梨花。晴明、道満の兄弟と梨花が親交を深めるようになったのは、彼女の屋敷に取り憑《つ》いた物《もの》の怪《け》を二人で祓《はら》ってやったことがきっかけだった。曇《くも》りなき梨花の瞳を見、可憐《かれん》な声を耳にしたその瞬間、道満は生まれて初めて一目惚《ひとめぼ》れというものをした。そしてそれは、晴明も同じであったらしい。

兄弟姉妹もおらずどこか寂《さび》しげな梨花のため、双子は折に触れて彼女の屋敷を訪ねるようになった。晴明はひょうきんな妖《あやかし》の物語を彼女に語って聞かせ、手先が器用な道満は彼女が好きな人形を作って贈った。やがて梨花が兄に恋心を寄せていると察した時、道満の心中は、極めて複雑であった。

さりとて正式な陰陽師《おんみょうじ》として官職に就く兄とは違い、自分は民間の法師陰陽師に過ぎない。将来のことを考えれば兄と一緒になる方が幸せに決まっている。そう己に言い聞かせて、道満は梨花への恋心をひっそりと胸に仕舞ったのだった。

「……堪忍な、道満。本当はお前の方が……」

「え？」

突然の詫びに道満は首を傾《かし》げる。対する晴明は視線を伏せながら、

「それ、大刀契《だいとけい》の件よ。お前の助言のおかげでうまく事が運んでな、賀茂保憲《かものやすのり》さまからもお褒《ほ》めの言葉をいただいた。お前にはいつも何かと力を貸してもらっとるんに、表立って称《たた》えられるんは俺ばかり」

それがどうにも申し訳ないのだ、と兄は言った。

「何やまたそんなことかいな。稲荷山から下りてきた時に言うたやろ？　俺とお前が双子であるんを隠すためにも、俺は官吏《かんり》にならへんし、あくまでお前の補佐に徹するとな。晴明、あの時の約束を覚えとるか？　――俺ら双子は徒人《ただびと》よりも力を持って生まれた。せやから」

「俺らの陰陽道で世のため、人のためになることをしよう。悩める民草《たみくさ》の心の拠《よ》り所《どころ》となろう――ああ、覚えとるとも」

それを聞いた道満はニッと口角《こうかく》を上げてみせた。

「あの約束が果たされるならそれでええ。俺は京の英雄であり自慢の兄、安倍晴明を裏で支えるだけで十分なんや。それにお前と違《ちご》うて鬼退治となりゃ俺は腰が引けてま

うし、粗忽者《そこつもの》なんは自分でもようわかっとるさかいな」

弱り顔で笑う弟に、晴明もつられて表情を和《なご》ませた。

「……確かにその様子やと、鬼退治を手伝ってもらうには不安が残るな？」

言いつつ道満の手の中を指差す。何かと思って見れば、手の中にいる雀がぷりりとフンを垂《た》れる瞬間であった。

「ぬあっ！　こん雀っ子、助けたったんにそりゃあんまりやないかぁ」

雀を竹の鳥籠《とりかご》に戻した道満は慌てて庭の井戸へ走った。

「うう冷たっ。まったく、俺の手は巣やないっちゅうねん。なあ晴明、そこの手拭きを取ってくれへんか？」

が、縁側からは返事がない。

不思議に思い振り返る。兄は、その場に佇《たたず》んだまま無言で星空を見上げていた。

「……晴明？」

すると彼はゆっくりこちらへ視線を下ろした。先と変わらぬ眼差《まなざ》しである。星を見る目に何やら愁《うれ》いが滲《にじ》んでいると感じたのだが、見間違いだったのだろうか。

「道満。少し、一緒に歩かへんか。……何やら風に当たりたい気分になってな」

訝《いぶか》しく思いながらも、道満はこくりと頷《うなず》いた。

――やっぱり、おかしいな。

晴明とともに歩を進めながら、天を見上げた道満はごしごしと目をこする。

「何だ、道満？」

「いやな、さっき、巳《み》の星に犯《はん》が起きとるように見えたんや」

巳の星は晴明と道満が生まれた干支の星。北斗七星のうち武曲星《ぶきよくせい》に属し、二人の運命を教えてくれる星だ。それが犯、つまり他の星と重なるという不吉な予兆を見てとったのだが、

「今はどの星とも重なってへん。さっきは確かに犯が起きとったんに」

「……きっと目が霞《かす》んでたんやろう。このところ夜更かししてまで勉学に励んどるようやからな。熱心なのはええがちゃんと休み」

なぜだろう、晴明はもはや空を見上げようとしなかった。

月と星ばかりが照らし出す平安京を、双子は肩を並べてそぞろ歩く。道の向かいからギイ、と車輪を軋《きし》ませながらやってくる牛車《ぎっしゃ》。さしずめ貴族の男が懇意《こんい》にする女を訪ねんとしているのだろう。

「お公家《くげ》さんはええなあ。色恋にばかり現《うつつ》を抜かしとっても誰に咎《とが》められるわけでもあらへん。この寒い中ご苦労さんなことで……時に晴明、先刻は兼家《かねいえ》どのから呼び出されたんやろう？　今宵は何のご用やったんや」

「屋敷に蛇《へび》が出たとかで、易《えき》を行うようにと頼まれた。よもや災《わざわ》いの徴《しるし》ではあるまいかとな」

またそれか、と道満は眉をひそめた。近ごろ有力貴族である藤原《ふじわらの》兼家は毎晩のごとく晴明を呼び寄せ、やれ庭に獣が入りこんだだの、香炉《こうろ》にひびが入っただのと些細《ささい》なことで騒いでは災いを祓うよう命じるのだった。人というのは得てして理由を知りたがる生き物。よって怪異の原因を判じ、物忌《ものい》みや方違《かたたが》えなどの助言を行うとひとまずは安心するのだが、また次の日には不安に襲われてしまうらしかった。

今まで様々な怪異を解決し、宮中で脚光を浴びている晴明に頼りたくなる気持ちはわからなくもない。剃髪《ていはつ》した密教僧《みっきょうそう》より陰陽師の方が気安く頼み事をしやすいというのも道理だ。が、何かにつけて「災い」とおびえるのはいかがなものか。

「やれお前も大変やな。先だっても宇治橋《うじばし》の鬼を退治したばかりやというのに」

「〝橋姫《はしひめ》〟のことか」

ふと、晴明の瞳に明らかな影が差した。

「何や浮かない顔して？　依頼してきたお公家さんも宇治の人らも、お前のおかげで魔が祓われた言うてようけ喜んどったやないか」

「違うぞ道満。陰陽師が祓うんは〝魔〟やない」

これは兄がいつも言うことであった。

陰陽師が真に祓うのは魑魅魍魎《ちみもうりよう》ではない。人々の心に巣くう不安、恐怖、そして邪《よこしま》な感情を取り除くことこそが、陰陽師たる者の使命なのだと。

「……せやったな。けどお前はそれこそ鬼を恐れる人らの不安や恐怖を祓ってみせた。陰陽師の務めを果たしたんや」

「なれどあの鬼は、救えてへん」

沈んだ声色に道満は胸を衝《つ》かれた。

そもそも橋姫が体を赤く塗りたくった異形の鬼と成り果てたのは、愛する男が彼女を裏切って別の女に気移りしたからだ。もし男が真心を貫いていたならば、橋姫が嫉《しっ》妬《と》に狂い憤死することも、鬼となって他者を殺《あや》めることもなかったであろう。にもかかわらず、晴明に「助けてくれ」と依頼してきたのはよりにもよって当の男。名のある貴族であった。

異能の陰陽師も突き詰めれば官人だ。貴族らの頼みを無下《むげ》にはできない。たとえ真に救いたいと願う存在が、他にいたとしても。

「陰陽術には鬼を抑えつける力があっても、鬼の魂を清める力はない。橋姫も、今まで俺が倒してきたどの鬼も、本当の意味では救えてへんのや。そればかりか鬼を生んだ依頼人から報酬をもろうて感謝されて。何を祓い、何を救うべきなんか……英雄や何やと褒めそやされても結局、俺は人間の邪な心をどうにもできひん」

「晴明……」

兄がかような苦悩を秘めていたとは想像だにしなかった。誰もが称える勇敢な兄が、思慮深く何事にも冷静さを失わぬ兄が、人知れず鬼に心を痛めていたとは――。

――陰陽道じゃ、鬼を救えへんのか。

道満は育ての母である稲荷大神《いなりおおかみ》、陀天《だてん》の心配を振り切ってまで稲荷山を下りた。それは双子の兄を支えたいという思いもさることながら、陰陽道に大いなる希望を見ていたからだ。陰陽道を究《きわ》めれば誰かの役に立てる。天の動きを読み解くことで世の行く末を真っ先に知れる陰陽師は、必ずや世を平穏に保つ一助となれる。そう信じて疑わなかった。

されど陰陽道には限界がある。

――鬼かて元は人間やのに、人間に不義理を働かれて、疎《うと》まれて、いなくなったら喜ばれる。晴明の言うことはもっともや。もし俺ら陰陽師に鎮魂《ちんこん》の力があったなら、どれだけよかったか……。

冷え冷えとした風が狩衣《かりぎぬ》の裾《すそ》を揺らす。互いにものも言わぬまま歩くうち、二人は鴨川《かもがわ》に辿《たど》り着いた。堤防もなく曲がりくねった鴨川は「暴《あば》れ川」とも呼ばれるほど頻《ひん》繁《ぱん》に氾濫《はんらん》を起こしていた。そこに流れるものを見た途端、

「う――」

道満は足を止めた。

水鳥に紛《まぎ》れてぷかり、ぷかりと浮かぶそれらは、人間の死骸《おろく》であった。

この頃、平安京には得体の知れぬ疫病《えきびょう》が蔓延《まんえん》して人々を苦しめていた。帝《みかど》の下知《げち》を受けた陰陽師や密教僧がこぞって術や加持祈禱《かじきとう》を行うも、病の猛威は留まるところを知らない。疫病に相次いでの飢餓《きが》、貧困により命を落とす者も後を絶たぬ状況だ。果てに身分なき民らの死骸は打ち捨てられるように鴨川に流される。彼らのうち幾人かはきっと、鬼に変貌《へんぼう》してしまうのだろう。いくら京が「吉の地」と目されていようとも、四神相応《しじんそうおう》をはじめとした厳重な結界陣に守られていても、この数の無念を抑えこむことはできまい。そうして晴明がまた退治の任を受ける。その繰り返しだ。

水に膨《ふく》れて腐った男の死骸。女の死骸。いくつかの死骸は川岸に打ち上げられて腐

臭を放っていた。野犬が童子《どうじ》の死骸に群がっては四肢を食いちぎってどこかへ駆けていく。腸《はらわた》を貪《むさぼ》り食われながら、童子は濁った目玉でこちらを見ていた。

道満はたまらず目をそらした。

「もう行こう、晴明」

漂ってくる「死」の気配に、頭がおかしくなってしまいそうだった。稲荷山で育った道満は長命な陀天や稲荷神たちにばかり囲まれて、死に触れる機会がほとんどと言ってよいほどなかったのだ。ゆえに死者への同情を抱きながらも、本能的な恐怖の方が上回ってしまう――一方、陰陽師の職を通して多くの死に触れてきた兄は、その場を動こうとしなかった。

「ここへ来るといつも考える……この者たちにはいかなる〝生〟があったのやろう、とな」

滔々《とうとう》と死骸を流していく鴨川を見つめながら、晴明はそうつぶやいた。

「それぞれに名があって、幸せがあった。かけがえのない人生があった。けれども生きている限り死は避けられへん。命あるものは、みな死ぬ定めにあるのやから」

兄の言葉は、道満に一つの疑念を抱かせた。

「なら人は、何のために生きるんやろうな。いずれはどうせ死んでしまうんに。ただ死ぬために生きるのか……」

だとすれば生とは何と儚《はかな》いものか。自分の人生も、大切な晴明の人生も、梨花の人生も、ただ死ぬためだけにあるというなら、そもそも生まれてくることに何の意味があるのだろう。

死は必然。なるほど摂理《せつり》だろうが、それに抗《あらが》うことは本当に不可能なのか。

否《いな》――抗う方法は、存在する。

「なあ晴明よ。せっかくあの〝金烏玉兎集《きんうぎょくとしゅう》〟を預かったんや。あれを読み解いてみようとは思わへんのか？」

この問いはこれで何度目になるだろう。世にも珍しき「不死の秘法」を記した書、金烏玉兎集。あの書を読めば、絶対的な死にすら打《う》ち克《か》つことができるはずだ。

ところが晴明は、

「あかん。それだけは絶対に」

と、厳しい表情で何度目かの答えを口にした。

「どうして。いつでも手に取って読めるんに、書庫に眠らせておくだけなんて勿体《もったい》ないやないか！　もし永遠の命が得られるならそれこそが真の幸せや。うまくいけば死人の蘇生かて夢やないかもしれへん。誰も死におびえなくて済む世の中を、俺らの手で作れるかもしれへんのやで？」

死がなければ鴨川に骸《むくろ》が流れることもない。憐《あわ》れな鬼が生まれることもない。晴明の心を苛《さいな》むものとて何もなくなるのだ。それでも晴明は、首を縦に振らなかった。

彼は常ならぬ声色で道満を諫《いさ》めた。

「ええか道満、死を嫌厭《けんえん》してはならへん。生と死の 理《ことわり》を覆すなんぞ真っ当なことやない。それこそ邪な法と言えるやろう。不死などという危険な考えは、今すぐに捨てることや」

「危険？」

なぜそのように思うのだろう。と、不審な念が頭をよぎった。

「まさか晴明、お前、すでに金烏玉兎集を読んだんじゃ――」

「読まへんでも危険なことくらいわかる。お前も知っとるとは思うが、術を使うには使う者の資質が問われるんや。なぜその術を使うんか、何のために、誰のために使うんか。強大な術であればあるほど心の資質が問われる」

「……俺にその資質がないて言いたいんか」

「違う！　それだけ尋常でない危険が伴うということや。お前かて陰陽師の掟《おきて》を忘れたわけやないやろう？　不死や蘇生は陰陽師にとって最大の禁忌《きんき》。なぜなら命にまつわる術は、術者の命をも脅かすからや」

そう告げる兄の面差しには、今まで見たこともないほどの焦《あせ》りが浮かんでいた。

「わかってくれ。俺はたった一人の弟の命を、危険にさらしたくないんや」

かような眼差しで正視されては、渋々ながらに頷くしかなかった。

「ああ、わかったえ晴明。金烏玉兎集のことは、もう言わん」

しかしながら、ひとたび浮かんだ希望は、そう容易に拭《ぬぐ》い去れるものではない。

――たとえ危険でも……なれるものなら誰だって、不死になりたいはずや。

その願望を否定できる者などいるはずがない。

――不死こそが至上の幸せ。永遠の命に憧れることが間違いやなんて誰が断言できる？　ただ死に向かっていくだけの命なら、抗ってみたってええやないか。

腑《ふ》に落ちぬまま川面《かわも》を睨《にら》む。

名も知らぬ骸を流していく鴨川が、まるで意思を持って命を奪い、呑みこみ、死の世界へと連れていく異形に見えた。

一

おどろおどろしい邪気が立ちこめる京を、黒雲《こくうん》の五人衆は南へと下る。

時は寛政《かんせい》。師走《しわす》の朔日《さくじつ》。冴えた寒空に月はなく、見仰げば天狼星《てんろうせい》が青白い光を放っていた。肩口で切り揃えられた断髪《だんぱつ》が風に揺れる。は──と白い息を漏らしながら、瑠璃《るり》は星空を見つめた。

──飛雷《ひらい》の気配が絶えてから、はや十日、か。

腰元にいつも感じていた黒蛇の重みは、今やない。慣れ親しんだ黒刀の重みとてない。あるのは帯に差した鍔《つば》つきの太刀《たち》の重みだけだ。

──どうしてこんなことになっちまったんだ。わっちは今までと同じように戦えるんだろうか。飛雷がいないままで、この先も……。

俯《うつむ》き加減に歩く頭領を、四人の男衆は気遣《きづか》わしげに見やっていた。

江戸の鬼退治組織「黒雲」。その紅一点かつ頭領である瑠璃、錫杖《しゃくじょう》を操る錠吉《じょうきち》、金《こん》剛杵《ごうしょ》を操る権三《ごんぞう》、結界役である豊二郎《とよじろう》と栄二郎《えいじろう》の双子は、京を脅威に陥《おとしい》れる陰陽師集団「夢幻衆《むげんしゅう》」と対立していた。

京は古く平安の時代より青龍《せいりゅう》、玄武《げんぶ》、白虎《びゃっこ》、朱雀《すざく》と呼ばれる四体の神獣「四神」に守られてきた。この膨大な力を狙った夢幻衆は妖と鬼の融合体である妖鬼《ようき》を使役し、黒雲と戦わせた末に、解き放った四神の力を「禍ツ柱《まがばしら》」なる巨柱へ集約させることに成功した。だが成功には時として、相応の代償がつきまとう。

これまで犠牲となったのは瑠璃の友である妖、長助《ちょうすけ》と白《しろ》。そして夢幻衆の三兄妹、菊丸《きくまる》、蟠雪《ばんせつ》、蓮音《はすね》。夢幻衆そのものすらも破滅へと追いやった計画は、すべてたった一人の男、蘆屋道満を不死にせんがため——その道満こそが、黒雲の協力者であり夢幻衆の手により死亡したと思われた人形師、文野閑馬《あやのしづま》であった。

正体を現した道満は瑠璃に自身の妻となるよう求めた。「桃源郷《とうげんきょう》」なる新たな世を作るにあたり、瑠璃に己が子を産ませようとしたのだ。瑠璃は古《いにしえ》の龍神《りゅうじん》、蒼流《そうりゅう》の生まれ変わり。道満がまさに理想とする陰と陽が調和した女だ。さりとて彼には一つ懸念もあったらしい。瑠璃の心の臓に棲《す》む龍神、飛雷が、懐妊の邪魔になるのではと。

計画に影を落とすものは一つ残らず取り除かなければならない。

果たして道満は飛雷を殺害する策を弄《ろう》し、それを成し遂げたのであった。

「ねえ瑠璃さん。もし辛いなら……」

と、隣を歩く栄二郎が声をかけてきた。

「今夜の鬼退治は俺たちに任せて、塒《ねぐら》に帰った方がいいよ」

青年は瑠璃の心情を実によく理解していた。

もし辛いなら——然《さ》もありなん。事は戦闘用の武器を失ったという、単純な話に留まらないのだから。

飛雷は瑠璃が五つの頃、黒刀と瑠璃の心の臓に二分割される形で封じられた。二十六となった現在に至るまで、瑠璃の心の声を聞き、瑠璃の体を密《ひそ》かに守ってきた。かつて冷酷な思想を持つ「邪龍」と称されていた飛雷と反目しあったこともあったが、瑠璃はいついかなる時も、飛雷の存在を胸に感じ続けてきたのである。

が、それも今や過去の話。飛雷の気配は完全に絶えた。

今後は龍神としての助言を求めることもできない。軽口を叩きあうことも、素直でない黒蛇の小言《こごと》を聞くことすら、もはや叶《かな》うまい。

未だ押し黙っている瑠璃に対し、

「俺も栄に賛成だ」

と、今度は豊二郎が声を上げた。

「頭領だから休んじゃいけねえなんて決まりはねえんだしよ。しかもその刀、新調したばっかだろ？　本当にそんなんで戦えるのかよ。もう足手まといはごめんだぜ」

「おい豊っ。そんな言い方はよせ」

権三に叱られた豊二郎は「ちぇっ」と口を尖《とが》らせる。とはいえ横目で瑠璃の反応を確かめる様からして、案じる気持ちは他の男衆と同じらしかった。

「……すまないね皆。飛雷と違う刀でも使いこなせるように、頑張るから」

「いいえ、むしろ頑張りすぎないでください」

そう返したのは錠吉だった。

何ぶん飛雷を失ってからこの方、すでに鬼との戦いで新品の刀が三本も折れてしまっているのだ。刀剣商から購《あがな》った名品とお墨付きの刀が三本も、である。しかしながら禍ツ柱が揃ったことで鬼の勢いも活発化し、上級の鬼ばかりが続出するようになった今、ありあわせの刀で歯が立たぬのも当然と言えた。

「あれから夜ごと鬼退治を行うようになりましたけど、俺たち男衆の力だけでもどうにかなったでしょう？　あなたばかり気張ろうとしなくていいんですよ」

「そうだぞ瑠璃。俺らをもっと信じろって」

「信じてないわけじゃないよ、ただ……」

「頭領として、ただ傍観しているだけじゃいられないんですよね。それはよくわかりやすが、無理して怪我でもしたら大変だ」

権三からも諭《さと》されてしまった瑠璃は思わず下を向いた。飛雷を失ってから心はざわめくばかり。哀しみと焦りが募っては、自然と顔が曇りがちになる。

そんな瑠璃を見て、栄二郎がそっと背中に手を添えた。

「飛雷のことは、また後で一緒に考えよう。今は瑠璃さんの無事が何より大切だ。戦ってもいいけど、せめて危ないと思ったら迷わず逃げてね。いい？」

背に触れる温もりを感じながら、瑠璃は黙って頷いた。

今宵、黒雲の五人が目指すのは唐橋村《からはしむら》だ。平安の昔、ここには羅城門《らじょうもん》という荘厳な門があった。平安京の中心を貫く朱雀大路、今で言う千本通《せんぼんどおり》の南端にそびえた正門で、魔物の侵入を防ぐ結界の役割も果たしていたとされる。ところが二度の暴風雨による倒壊以後、羅城門は再建されることなく朽ちるに任せて放置された。その残骸には無数の鬼が棲みつくようになり、夜な夜な通りかかる者を門の内へ引きずりこんでは殺していたという。

現在はもう門の跡さえ見る影もないが、一方で鬼の怨念は、今なお残り続けている。目に見えぬ怨念は不遇の生者にささやきかけて新たな鬼を生み、殺戮《さつりく》を望み続けているのだ。実際に聞くところによると羅城門があった近辺で死した者は、ここ数日で少なくとも三十を超えているらしい。

時刻は夜九ツ半。

唐橋村は幽寂《ゆうじゃく》たる闇に包まれていた。田畑に囲まれるようにしてまばらに民家が建っているのだが、どこにも灯りがついていないのは些《いささ》か妙である。ここにいるはずの住民たちはどうしているのだろう。鬼を恐れて民家の内側で息を殺しているのか、あるいは、彼ら自身もまた鬼になってしまったのか――。

瑠璃たちはやがて歩を止めた。

「この辺りのはずだ、羅城門があった場所は」

しかし周囲には鬼の姿が見当たらなかった。

禍ツ柱の影響でどんよりとした邪気がそこかしこに立ちこめているものの、こちらに向かって襲いかかってくる気配は感じられない。

「変だね。鬼なら生者と見ればすぐにでも現れるだろうに……」

錠吉も眉をひそめて辺りを見巡らす。

「もしかしたら鬼はこの一帯の人を襲い尽くして、もっと人がいる場所に拠点を変えたのかもしれませんね」

「ありうるな。よし皆、北に戻りながら手分けして居場所を探ろう。気配を感じたらすぐに合図を――」

そう言いつつ、踵《きびす》を返した時だ。

ゆらり、と上空で蠢《うごめ》く気配。

「頭《かしら》！」

権三の声に瑠璃は視線を上げる。

かくて目に映ったのは、

――人の、顔……？

闇夜に浮かぶ巨大な生首。湾曲した長大な角《つの》。吸いこまれそうなほどに黒く落ち窪《くぼ》んだ眼窩《がんか》。京中の怨念が寄り集まって生まれた融合鬼《ゆうごうき》――人面の鬼が、地上の瑠璃たちへと不気味な笑みを向けていた。

禍々《まがまが》しい様相に一同は頭上を見上げたまま立ち尽くす。

次の瞬間、人面鬼の笑みがいっそう濃くなった。

「落ちてくる――全員、散れ！」

瑠璃の怒号が響く。我に返る男衆。落下してくる人面鬼。風を切ったのも束の間、巨大な生首は重々しい音をさせて地に沈みこんだ。

地が割れ、辺り一帯に粉塵《ふんじん》が舞い上がる。

咄嗟《とっさ》に回避した瑠璃は咳《せ》きこみながらも急いで周囲に目を配った。

「おい皆、無事かっ？」

粉塵の向こうからそれぞれの返事が聞こえてくる。どうやら男衆も間一髪《かんいっぱつ》で衝突を免《まぬか》れたらしい。瑠璃はほっと短い吐息を漏《も》らした。

――たぶん禍ツ柱の邪気があるせいで鬼の気配が紛れちまってたんだろう。それにしてもこの地面の亀裂、一体どれだけの重さが……。

衝撃の度合いを見るに、おそらく重量は百貫を下らないのではなかろうか。体にのしかかられたが最後、よくて手足の骨折。頭や胴に直撃すれば圧死は避けられまい。

と、鬼が再び動き始める。

「豊、栄、離れて援護しろ！　錠さんと権さんは鬼の後ろへ！」

ふわり、ふわりと巌《いわお》のごとき生首は宙に浮く。がらんどうの眼窩は歪《ゆが》み、大きく裂けた口には邪悪な笑みがたたえられている。長い髪からして女のように見えるが、融合鬼の性別を判じることはできない。ゆらゆらと風に波打つ黒髪はまるで、恨みつらみの激しさを表しているかのようだ。

人面鬼はまっすぐに瑠璃を見下ろしていた。

――一緒、に、なろ。

鬼の声が頭に反響した。口調は幼いが、声は大人のものだ。

――みんなで、一つになろ。一緒やったら、怖くないよ。一緒やったらもう、寂しくなんかないよ……。

瑠璃もまっすぐに鬼を見つめ返す。

その瞳には鬼への哀悼《あいとう》の念が含まれていた。

「お前さんたちは、寂しかったんだな。だから仲間が欲しかったんだな」

孤独を埋めるために鬼は他者を殺して、己の側に引きこんだのだろう。瑠璃はそう推《お》した。ひょっとすると羅城門に棲みついていたという伝説の鬼たちも、目の前にいる人面鬼と同じだったのかもしれない。元を正せば鬼の心根は清く純粋なもの。それは歴史を遡《さかのぼ》っても変わらなかったはずだ。だからこそ、鬼は哀しい。

だからこそ、

――誰かが、救わなきゃならない。

瑠璃は鞘《さや》から太刀を抜いた。

鬼の動きが止まる。かと思いきや、再び速度をつけて急降下する。見る見る肉薄してくる生首の笑み。瑠璃と衝突するまであと六丈。

――まだだ！　ぎりぎりまで引きつける。

あと三丈。二丈。一丈――と、そこで瑠璃は後方へ跳びすさる。片や人面鬼は勢いのまま地に衝突する。

深くめりこんだ体はすぐには動かせまい。

「今だ錠さん、権さん！」

待機していた錠吉と権三が躍り出る。人面鬼の背後から錫杖を突き出す。金剛杵を叩きこむ。

神聖な気をたたえた法具は鬼に対して絶大な効果をもたらす。攻撃を受けた人面鬼は金切り声を上げた。

一方で瑠璃は太刀を振るう。体からはすでに蒼流の力である「青の風」が噴出していた。負荷が大きすぎるゆえさほど強くは出せないが、この風を刃に乗せれば鬼にとて対抗できるはずだ。そう、思ったのだが。

「硬い……」

額を直撃したにもかかわらず、刃は一向に鬼の肌から先へ入っていかない。ギギ、と軋んだ音をさせながら振動するばかりだ。

鬼の怨念が濃すぎるせいか――そうではない。

ただの刀ではやはり、頑強な鬼には歯が立たないのだ。

鬼の口から憤怒《ふんぬ》のうなり声が漏れ始める。直後、鬼は地にめりこんだまま回転した。残像すら見えぬほどの高速回転。瑠璃、錠吉、権三は巨軀《きょく》に弾かれ、三方向に吹き飛んだ。

片や自由になった人面鬼は夜闇へと再度浮かんでいく。

途端、空にまばゆい光が広がった。豊二郎と栄二郎の織り成す注連縄《しめなわ》の結界だ。鬼は光を嫌がるかのごとく目を細める。上空で苦しげに悶《もだ》える。されど結界だけでは怨念を鎮《しず》めることができない。

すう、と夜気を吸いこむ人面鬼。

「鬼哭《きこく》だ――」

「立ち上がっちゃ駄目、みんな伏せて！」

瞬間、凄《すさ》まじい叫喚《きょうかん》とともに、怨念の衝撃波が一同を襲った。

叫びに含まれた人々の無念。言葉はなくともその感情は瑠璃の心にじくじくと染みこんできた。鬼として恐れられ、誰にも救ってもらえない孤独。殺すから恐れられる。それでも誰かを殺さずにはいられない矛盾。哀しい。恨めしい。寂しい――。

荒々しく吹きすさぶ波動に、地を覆《おお》っていた白い霜《しも》が一瞬にして消し飛ぶ。近くにあった民家の納屋も木片となり飛ばされる。結界で抑えられているといえど耐えがたい力だ。瑠璃たちは地に伏せ、荒れ狂う怨念をただ身に受けるしかない。

人面鬼は上空からぎらりと瑠璃を睨みつけるや、一気に降下してきた。歪んだ口を開け、頭から食らいつかんとする。

——くっ、鬼哭で体が——。

と、その時。

「……誰であろうと、瑠璃さんを傷つけるのは許さない」

栄二郎の放った矢が人面鬼のこめかみを射った。

鬼の悲鳴が響くと同時に、豊二郎も純白の矢を放つ。

「下がってろ瑠璃！　その刀じゃ無理だ、後は俺たちがやる」

二本の矢を浴びた生首は平衡感覚を失い地に落ちる。鬼哭はやんだ。錠吉と権三が速やかに立ち上がる。

危険を察したか、人面鬼は地を跳ねる。

「そっちだ錠、逃がすなっ」

すかさず駆け寄った錠吉と権三が法具で打ち据える。続けざまに打擲《ちょうちゃく》を加え、鬼の反撃を許さない。さらに撃ちこまれる純白の矢。人面鬼の痛ましい叫びが夜気にこだまする。

男衆の猛攻をやや離れた場所で見ながら、瑠璃は、己の無力を痛感していた。

――やっぱり飛雷じゃないと、駄目なんだ。

左手に握った太刀の柄《つか》は、どれだけ鍛練を積んでみても、依然として肌に馴染《なじ》んではくれない。

――風の力だってそう。蒼流の風は、飛雷がいてこそ最大限に威力を発揮できる。わかっていたはずではないか。

――飛雷の、あいつの代わりなんて、この世のどこにもいないって……。

「頭、早く安全なところへ！」

錠吉の声に瑠璃は歯嚙《はが》みした。が、いくら悔しくとも新しい刀が使い物にならないのはれっきとした事実だ。自分こそが鬼を退治するのだと息巻いた挙《あ》げ句《く》、仲間のお荷物となることは瑠璃の本意ではなかった。

「わかった。後は頼む」

そう告げて踵を返す。しかしこの瞬間、一同は誰ひとりとして気がついていなかった。鬼が瑠璃に視線を据え、不吉な笑みを漏らしていることに――。

それは一瞬だった。度重なる攻撃を受けながらどこに余力を隠していたのだろう、人面鬼は素早く回転して錠吉と権三を弾く。双子の矢をよけるや上空に跳び上がる。

「危ない、頭！」

振り向いた刹那《せつな》、瑠璃の目に飛びこんできたのは、こちらをめがけて大口を開ける人面鬼の姿であった。

「――な――」

反射的に刀をかざす。激突する刃と鬼の肌。だが油断していた体には力が入りきらず、瑠璃は後方に押し飛ばされる。

息つく間もなく人面鬼は跳躍する。またしても瑠璃に向かって襲いかかる。

――どうして逃げるん？　どうして嫌がるん？　理解してくれたやないか。仲間が欲しいってこと、寂しいってことも、わかってくれたやないか。

鬼の声が訴えかけてきた。

今しがた男衆から受けた攻撃は相当に応えたはずだ。散り際の力を振り絞っているのか、巨軀に相反して人面鬼は思いのほか速い。と、体当たりを受けきれなかった瑠璃は地を転がった。

「ぐ……っ」

――わかるんよ。あんたの中にも、寂しさがあるんやろう？　大事な何かを失くしたんやろう？　その寂しさを、癒《い》やしてあげる。

宙を滑空する人面鬼。なおも瑠璃に食らいつかんと迫る。対する瑠璃は逃げきれず、巨軀を太刀で受け止めるしかなかった。

ずん、と重い衝撃が、刃を通って骨まで響いた。

一緒にいてあげる。

心の穴を、埋めてあげる。

人面鬼のささやきが全身に広がるようだった。甘く、優しいささやきだ。この鬼にとっては瑠璃も寂しさを持て余す仲間なのだろう。執拗に瑠璃を狙い、殺そうとしているのは、自身の側に引きこむことで瑠璃の中にある孤独を和らげてやろうとするからだった。それはともすれば鬼なりの善意とも受け取れる。けれども、

「それじゃ、駄目なんだよ……」

失ってみて初めてわかった。

戦闘に、そして何より己が心にとって、相棒がどれだけ重要な存在であったかを。

「飛雷のいなくなった穴は……寂しさは、他の何かじゃ、埋められないんだ」

隻腕《せきわん》が震える。刃が軋む。かと思いきや次の瞬間、太刀の刀身が根元から折れた。

青ざめる瑠璃。鬼の口元が勝機に吊り上がる。

さりとて人面鬼の反撃は、ここまでであった。

どこからともなく立ち現れた白い鎖《くさり》の結界。双子の意思に応じて宙を舞い、人面鬼を瞬時に縛りつける。次いで駆け寄ってきた錠吉と権三が、瑠璃と人面鬼の間に割って入る。二人は真言《しんごん》によって強化した法具を、鬼の額に叩きこんだ。

鎖の光。法具に彫られた梵字《ぼんじ》の光。それら神聖なる光を当てられた人面鬼は叫び苦しむ。眼窩から、口から、黒い怨念が染み出てくる。やがて鬼の叫びはゆっくりと薄くなっていき、浄化された鬼の魂は、星空へとのぼっていった。

唐橋村に静けさが戻った。

「……大事ありませんか、頭」

男衆の眼差しを受けて、瑠璃は静かに首肯《しゅこう》した。

折れてしまった太刀の柄を、喪失感とともに握りしめながら——。

翌日のこと。

四人の男衆はとある用事のために揃って塒を出ていった。豊二郎の妻であるひまりは上京《かみぎょう》に住む産婆《さんば》のもとへ。そして塒に残った瑠璃は奥の間にて、横たわる童女の寝顔を眺めていた。

布団の中でこんこんと眠り続けていたのは、かつて夢幻衆の一員だった幼い童女。鬼と化し力を使い果たした彼女の肌は、すでに人の肌に戻っている。

ふと、童女の目が、薄く開かれた。

「麗《うらら》!」

「……る、り?」

か細く声を発したのも束の間、麗はがばと半身を起こした。

「ここは——宝来《つるめそ》の皆はっ?」

「いけねえ、まだ横になってなくちゃ」

しかし取り乱した麗は制止する手を振りほどいて立ち上がろうとする。

「よも爺《じい》は? チヨ姉さんは、岩助《いわすけ》兄さんはどこにおるんっ? 離して瑠璃、ウチは行かないと、皆のところへ行かないと——」

「落ち着いてくれ麗。大丈夫、宝来の人たちは生きてるよ。与茂吉《よもきち》さんも、チヨさんも岩助さんも。宝来の二十一人、全員だ」

はた、と童女の瞳が再びこちらに向けられた。

「四条河原《しじょうかわら》で昏倒《こんとう》してるのを見つけてね。東寺《とうじ》に運んで、今は露葉《つゆは》に診てもらってる。ほら、お前さんも露葉を覚えてるだろう？　あいつはわっちの友だちの山姥《やまんば》で誰より薬に詳しいから心配いらない。でも正直に言うと、発見した時はもう手遅れだと思ったんだ。誰も彼も虫の息で、意識もなかったからね」

とはいえ、黒雲は似た症状を以前にも見たことがあった。栄二郎が蓮音の呪術を食らった時のことだ。瀕死の状態に陥り長らく生死の淵をさまよいながらも、彼は無事に回復を遂げた。山姥がこしらえた丸薬、源命丹《げんめいたん》によって。

予想どおり源命丹は宝来の民たちにもよく効いた。安徳《あんとく》が彼らのため東寺の講堂を開放してくれたこと、東寺の僧に山姥の姿が見える者が多かったことも幸いだった。が、僧侶たちだけでは人手が足らない。そこで黒雲の男衆も東寺に出向き、露葉の指揮のもと手分けして看病をしたり、源命丹に入り用な薬草を調達しに行ったりしているのだった。

「ほな今、宝来の皆は」

「まだ意識が戻ってない人も何人かいるけど、露葉が言うには命に別状はないそうだ。だから、安心していいんだよ」

それを聞いた麗はゆるゆると全身を脱力させた。よく見れば両の瞳には涙が滲んでいる。それだけ宝来の衆を――「家族」を、深く案じていたのだろう。瑠璃は小さな背をさすってやった。

「……ウチらな、瑠璃に言われたとおり、皆で江戸に向かう準備をしとったんよ。けど旅支度も整えて、いざ出発しようとした時……河原に、道満さまが現れた」

その時の情景を思い浮かべているのか、麗は声をくぐもらせる。

「何が起こったかわからへんくらい、あっという間の出来事やった。道満さまが呪《しゅ》を唱えて、そしたら皆、急にばたばたと倒れ始めて」

全員、死んでしまったのだ。麗はそう勘違いしたという。力を持たない宝来の民を葬《ほうむ》ることなど、今の道満にとっては赤子の手をひねるも同じだろうからだ。

——でも結果として、奴は誰も殺さなかった。

と言うより、初めから殺す気はなかったのだろう。

瑠璃が思うに理由は二つある。

一つには、道満が宝来の魂も「吸収」の数に入れていたから。道満は目下、不死の秘法によって京びとの魂を己が身に取りこもうと目論《もくろ》んでいる。彼が成し遂げようとする不死とは、京に生きる命すべてを犠牲にするものだったのだ。吸収する魂が多ければ多いほど完璧《かんぺき》な不死が得られよう。しかし中身が空っぽの死者からは魂を抜き取ることができない。それゆえ道満は——おそらく一つたりとも魂を取りこぼすまいとして――あえて宝来を殺さぬよう、手加減したに違いない。

二つには、道満の真なる狙いが宝来の二十一人ではなく、麗ひとりの心を揺さぶることにあったからだ。

「皆ぴくりとも動かんくなって、声をかけても反応せえへんし、息もしとらんように見えた。せやからウチ、何が起こったんか、どうしたらええのんか、訳がわからんくなってもうて」

そうして気が動転した麗の額に手をかざし、道満はこう告げたという。

――憎いやろ、麗。恨めしいやろ。我慢することはあらへん、何もかも吐き出してしもたらええ。半人半鬼のおまはんにはその力がある……俺が、殺意の対象を教えたろう。

「〝龍神の牙で、飛雷を殺せ〟――道満さまの声が全身に鳴り響いて、目の前が真っ暗になった。その後のことは何も、覚えてへん」

と、麗の体が小刻みに震えだした。指先で怖々《こわごわ》と額に触れる。額にある鬼の角は元どおりに収縮していたが、しかし、童女の震えが止まることはなかった。

「……なあ瑠璃。飛雷さま、は……？」

瑠璃は無言で畳に目を落とす。

言おうか言うまいか悩んだが、隠したところで詮ないことだ。間を置いて腰を上げると、二階の寝間から風呂敷包みを持ってきた。

麗の前でそれを開いてみせた瞬間、

「そんな……」

包みの中にあったのは、真っ二つに折れた黒刀。

龍神、飛雷の成れの果てであった。

「何てことを。ウチが飛雷さまを、殺してもうたんや。ウチが瑠璃のことも、飛雷さまのことも、恨んどったから」

童女の顔が苦しげに歪んだ。

「けどもう許すって決めたんに、あの気持ちは嘘やなかったんに。きっとウチの中に流れる鬼の血が恨みを捨ててなかったんや。せやなかったら神さんを殺すなんて……ああ、ウチはとんでもない罪人や」

「そんな風に思うな麗。お前さんは道満に操られてた。悪いのは、道満だ」

童女に向かって言い聞かせながら、瑠璃の中には、道満へのさらなる憤《いきどお》りが湧き上がっていた。

――飛雷を排除するばかりか、この子に〝神殺し〟の罪を背負わせるなんて。

目を閉じ、胸元に手を触れてみる。

感じられるのは己の心の臓が刻む鼓動だけ。やはり龍神の気配は微塵《みじん》たりとも感じられない。声も聞こえてはこない。

しかしながら、瑠璃は完全には絶望していなかった。

「お前さんが負い目を感じる必要はないよ。飛雷はまだ、死んじゃいないんだから」

童女は困惑したように瑠璃を見やった。

「どういうこと？　刀はこんなんなってしもたんに」

「昔の話さ。わっちの生みの父、東雲《しののめ》という人は邪龍だった飛雷をこの黒刀と、わっちの心の臓、二つに分けて封印したんだ。そうするしかない状況でね……。それ以来、飛雷とわっちの魂は複雑に絡みあってるんだ。離れようにも離れられない腐《くさ》れ縁《えん》ってのかね」

瑠璃と飛雷の魂が繋《つな》がっていることを証明する三点の印は、飛雷が力尽きると同時に胸元から消えてしまった。これは飛雷が死んだ証とも捉えられる。

さりとて両者は生きるも死ぬも一蓮托生《いちれんたくしょう》。

もし飛雷が本当に死んでしまったのなら、瑠璃とてただでは済まないだろう。それが今もこうして変わりなく息をして、己の足で歩き、半端ながらも戦闘に出向くことさえできているのだから、

「飛雷は、きっとまだ生きてる――わっちにはわかるのさ。だから麗、自分を責めないでくれ。な?」

にこ、と微笑んで頭を撫《な》でれば、麗はためらいがちに頷いた。

童女に嘘は言っていない。希望を捨て去ってしまうのは早計と言えよう。しかし、折れてしまった黒刀を元どおりにする方法が存在しないのも、また事実であった。

刀工一族である滝野《たきの》に生まれた瑠璃は知っている。刃こぼれ程度ならまだしも、刀というのは基本的に修復が不可能なものだ。たとえ折れた部分を溶かして繋ぎあわせられたとしても、そうして出来上がった刀は非常に脆《もろ》く、もはや元の刀とはまったく別物になってしまう。要するに飛雷をいかにして復活させられるか、当ては一つもないのだが――不安げな顔の童女には、それを言わないでおくことにした。

「ともあれ、道満がお前さんを狙うことはもうないだろう。宝来の人たちが回復したら今度こそ江戸に向かいな。禍ツ柱が四本とも立ち上がっちまった今、道満はいよいよ不死の秘法を実行して京びとの魂を奪うつもりだ。全員を京から逃がすことなんて

到底できないけど、せめてお前さんたちだけでも無事に逃がしたい」

瑠璃はこれ以上、麗に恐ろしい思いをさせたくなかった。麗自身も道満の脅威を改めて実感したことだろう。殺さなかったとはいえ宝来の衆を一度に昏倒させるとは尋常ではない。

ところが瑠璃の予想に反し、

「……宝来の皆には江戸に行ってもらう。けどウチは、京に残る」

と、童女は敢然《かんぜん》と答えた。

「何だって？　麗、お前さんもよく心得てるはずだ。もう京のどこにも安全な場所はない。わっちら黒雲がお前さんを守りきれるって保証もないんだ。道満の野郎から少しでも遠くに離れなきゃ──」

それでも麗はぶんぶんと首を振る。感情の起伏に乏しい彼女が、よもやこれほど頑《かたく》なな表情を見せようとは。戸惑いながらも瑠璃は、反面、麗の心情がわかる気もしていた。

元より麗は宝来の民らを守るためにこそ夢幻衆となり、道満の配下に就いていたのだ。鬼狩りに、妖狩り、裏青龍の使役。それら意に染まぬ命令に良心を押し殺してまで従ってきたのは、従順にしてさえいれば家族に手は出さないと約束されていたからだった。その気持ちを、道満が知らなかったはずはない。

されど道満は麗を裏切った。麗の家族に対する愛情を利用して動揺を誘い、彼女が必死になって抑えていた鬼の怨念を無理やり引き出し、挙げ句の果てには飛雷を攻撃するよう仕向けたのである。

「道満さまは、ウチの目の前でよも爺たちを傷つけた。大事な家族を傷つけた。そないなことされて黙っとられへん。せやからウチも戦う」

それに、と麗はやや物思わしげに言葉を継いだ。

「ウチかて一人の京びとや。ぬっぺりぼうやと言われて嫌な思いもようさんしたけど、やっぱり京を守りたい」

「気持ちはわかるが、麗」

「あかんの？　ほな聞くけど、瑠璃はどうして京を守ろうとしとるん？　ここが生まれ故郷でもないんに、何で？」

思いがけず核心を突かれ、瑠璃は視線をさまよわせた。

「……単純なことだよ。うちの男衆やひまりはどことなくわっちを高潔な人間と思ってる節があるけど、実際はそんなんじゃない。わっちはもっとずっと、自分勝手な人間さ。ただ後悔したくない。その気持ちが誰より強いだけなんだから」

「そっか。ならウチも、後悔したくない。瑠璃とおんなじやね」

簡潔かつ明瞭な弁は、今度こそ瑠璃をたじろがせた。

自ずと省みる。自分は今まで彼女のことを、守るべき対象としか見なしていなかったのではないか。常に倒れぬよう支えなければ立っていられないような、無力で何もできぬ幼子だと決めつけてはいなかったか。

だが麗にも守りたいものがある。後悔すまいとする強い意志、尊重して然るべき、覚悟がある。

奇《く》しくも童女の澄んだ眼差しに回顧したのは、友である妖たちとの決別だった。

――長助と白は夢幻衆のせいで死んだ。露葉だってまだ囚われたままなのに、それなのにお前は、俺らにただ黙って見てろって言うのかっ。

――あいつらだって、後悔したくなかったんだよな。わっちは自分が後悔することばかり恐れて、あいつらの気持ちを、ちゃんと受け止めてやれなかった……。

「瑠璃、どないしたん？　もしかしてウチ、変なこと言うてもうたかな」

心配そうな声に、瑠璃は「何でもないさ」と努めて明るく応じた。

「お前さんの覚悟はわかったよ。麗、わっちら黒雲と一緒に道満を討とう。必ずあの野郎の鼻を明かしてやるんだ」

「……うんっ」

表情は乏しくとも、麗の瞳からは嬉しさが伝わってきた。

再び彼女の頭を撫でると瑠璃は胡坐《あぐら》をかく。

「そのためにゃまだまだ情報が足りねえな。道満の奴、島原《しまばら》から消える直前に言ってたろう？〝四神の力が解放されて、不死の秘法を修するための準備はほぼ整った〟ってさ」

ほぼ、という言葉を使ったということは、

「きっとまだ何かしら必要な条件が残ってるんだ。現に禍ツ柱が揃ったってのにあれ以降は何の動きも見せてこない。今までの夢幻衆の動きから考えて、奴が待ってるのは月の満ち欠けか、それとも――」

何か知っていることはないかと尋ねてみるも、麗は難しい顔で首をひねるばかりだった。彼女が知らされていたのは道満が第五の神獣「麒麟《きりん》」となり、他四体の神獣の力を受け取るという段取りだけ。仔細《しさい》はわからないという。

「あ、そういえば……」

やや置いて、麗はぱっと顔を上げた。

「関係ないかもしらんけど、ウチ、道満さまが書き物しとるんを見たことがある」

「書き物？」

「うん。夢幻衆は道満さまに報告やら相談やらする時、油小路通《あぶらのこうじどおり》にある蔵まで呼び出されとったんよ」

蔵とは飛雷とともに入った、あの人形だらけの蔵に違いない。

「そこで一度だけ見たんや。道満さまが分厚い本に筆を滑らせとるんを……ただウチが立ってるんに気づいてすぐ隠してもうたから、何の本かまではわからへんかった。あれはちょうど、去年の今頃やったような」

「去年の今頃ってぇと、道満とわっちが伏見宿《ふしみじゅく》で出会った時分か。あの蔵にあった金烏玉兎集はそれほど分厚くなかったし、もしかするとお前さんが見たのは別の重要な本かもしれねえな」

陰陽道にまつわる書か、あるいは字を書きこんでいたという話からして、道満自身の日誌か――彼のまめな性分を思えばありえない話ではない。

「わかった、もういっぺん蔵に行ってその本とやらを探してみよう。そうそう麗、あと一つ聞いてみたかったことがあるんだが」

「何？」

「今までお前さんは夢幻衆として道満と言葉を交わしてたんだろう？　お前さんから見て、道満はどんな男だった？」

麗は唐突な問いかけに悩んでいたが、しばらくして口を開いた。

「むつかしいな、何て言うたらええんやろ。正直、ウチにとって道満さまは――」

が、童女の声は、突如として降ってきた衝撃音に掻《か》き消された。

塒の柱が揺れる。ぱらぱらと、天井から木っ端《こっぱ》や埃《ほこり》が降ってくる。何かが塒の屋根に落下したのだ。

瑠璃は血相を変えた。

見ると外はまだ明るい。この時間に鬼が現れることは滅多にない。だとすれば考えられる原因は一つ。

――道満か――。

「麗、わっちにおぶされ。外へ逃げるぞ！」

童女を背に担ぐと黒刀の入った風呂敷包みをひっつかむ。そうして木っ端が降る塒から大急ぎで飛び出した矢先、

「おういこっちこっち、瑠璃はあんッ」

瑠璃たちは塀の屋根へと目を走らせるが早いか、そのまま呆然《ぼうぜん》としてしまった。

「な……宗旦《そうたん》、と、陀天さま……っ？」

屋根の上に鎮座していたのは豊かな毛並みをなびかせた、見るに大きな黒狐。そしてその背からひょっこりと顔を出し、こちらに義足を振ってみせる、妖狐《ようこ》の宗旦であった。

二

狭い、と美女はいかにも不服そうに顔をしかめる。

「これ瑠璃、もっと広い屋敷を用意しぃや。稲荷大神たるわらわをこないボロ家でもてなすつもりかえ？」

――いきなり来て屋根をぶっ壊したくせに、言うに事欠いて広さの文句かよ……。

元より古く建付けも悪かった塒は、黒狐の落下によって屋根が崩れ、二階の寝間もあえなく潰れてしまった。だが当の陀天はといえば唖然《あぜん》とする瑠璃たちを見ても何のその。普段はやれ我儘《わがまま》だの横暴だのと言われがちな瑠璃であるが、神にはとてもかなわない。ぶつぶつと文句を垂れつつ茶をすする陀天に、もの言いたげな視線を送るだけであった。

もてなしの茶くらい出してはどうか。こちらの姿を認めた第一声、陀天はそう注文をつけてきた。しかし当然ながら巨大な黒狐の姿では塒に入れない。そのため人に変《へん》化《げ》してもらったのだが――。

――でっ、けえなァ……おかげで玄関まで壊す羽目になっちまったし、皆に何て言ったらいいんだ。

中でも几帳面《きちょうめん》な錠吉の反応を思うと、気が滅入《めい》らずにはいられなかった。

人の姿になったとはいえ陀天は立てば天井に頭がつくほどの背丈。艶《つや》やかな肌に涼しげな目元と、まさしく神々《こうごう》しいばかりの美しさを放っていたが、腰を下ろしてもなお威圧感が並でない。

そんな陀天の横には宗旦狐がちんまりと控え、初めて会う麗を興味深そうに見つめていた。麗も瞬《まばた》きを繰り返しながら宗旦を眺める。

「……っ」

「……？　……」

残念ながら人見知りの妖狐と人見知りの童女では、会話がまるで成立しないらしかったが。

と、陀天がひと呼吸の後に口を切った。

「今日こうしてわざわざ稲荷山を下りてきたんは他でもない。瑠璃、そなたの口から直《じか》に話を聞くためや」

瑠璃はちらと妖狐を一瞥《いちべつ》する。

何の話かは、大体の見当がついていた。

「宗旦よりすべて聞いた。この子の前足を奪ったんは妖狩りを行う夢幻衆……つまりは道満の命を受けた者であったと。それぱかりか道満は文野閑馬なる名を騙《かた》り、宗旦に、自らの用心棒をさせておったと。これはまことか」

瑠璃は重い気分で首肯した。

「おそらく道満は宗旦をそばに置くことで自分に疑いの目が向くことを避けたのでしょう。そうやって害のない男を演じ続けた。用心棒になるというのは宗旦たっての希望でしたが――」

「おいら、閑馬先生のことを恩人やと思っとったんや。だって先生は、前足がないおいらのために新しい足を作ってくれはった。美味《おい》しいご飯を作って、いっぱい優しくしてくれはった。それやのに」

宗旦は哀しげに義足へと目を落とした。

「その閑馬先生が、妖狩りを命じた張本人やったなんて……」

涙声を聞いた瑠璃はいたたまれなくなってしまった。ただでさえ妖狐は人間に傷つけられて哀しんでいたというのに、この人ならと信じた人間にまで裏切られた心境はいかばかりであろう。

片や陀天は怒りと疑念が入りまじった表情でかぶりを振る。

「ああ道満、なぜそないなことを。前足を失った元凶が自分であることを伏せ、恩人に甘んじておったと？　あまつさえこの子の気持ちを利用して己が保身をしておったと？　稲荷山の結界を破らんとしたことは、道満が黒幕であるとわかっても許す気でおった。思い止まったのならそれ以上は責めまいと、考えておった」

されど宗旦に関する一連の出来事はまったく別の問題である。陀天は日ノ本《ひのもと》に棲まう狐、妖狐、稲荷神にとっての母なる存在。我が子に対する愛情は、人間より深いといっても過言ではない。

蘆屋道満は宗旦の心と体を傷つけた諸悪の根源だ。しかし狐の血を引く道満もまた、陀天が愛情をかけて育てた、我が子同然の存在である。瑠璃は陀天の面差しに言い知れぬ混乱を見てとった。

――こんな空気の中で言うのは憚《はばか》られるが……言わないわけにもいかない、か。

道満が隠してきた重大な秘密――すなわち他者の魂を奪う計画について話すと、やはりと言うべきか陀天は信じようとしなかった。

「それはさすがに何かの間違いやろうて。不死の夢も、桃源郷の志とて然り、道満の口から直に聞いたが、そないな計画については一言も言うてへんかった」

「……あくどいことだと自覚していたからこそ、あなたさまには言えなかったのでしょう」

「けったいなことを。道満が、京の者たちを犠牲に不死にならんとしている？　京の狐や、わらわの魂まで奪い取るつもりとな？」

ありえへん、と陀天は顔を背けた。

だが次いで瑠璃が示した紙切れを見るや、陀天の表情は一変することとなる。

それは「金烏玉兎集」に挟まれていた道満直筆の覚え書きであった。

「──〝永遠に朽ちることなき肉体を得、四神の囲む地に生きる者すべての魂を、我が魂に吸収すること能《あた》ふ。ゆくゆくは日ノ本に生きる者、一切の魂もまた然り〟──」

そんな、まさか」

「これは間違いなく道満の筆によるものです。陀天さまも奴の手蹟《て》をご覧になったことがあるのでは？」

決定的な証拠を突きつけられた陀天は長い間、紙切れを睨んで逡巡《しゅんじゅん》していた。

が、とうとう首を縦に振った。

「見間違えようはずもあらへん。道満に読み書きを教えたんは、わらわなのやから。

されど、こないなことが……あの心優しい道満が、虫の一匹すら殺されへんかった男が、これほど悪辣《あくらつ》なことを目論むなぞ……」

おおかた、陀天にとっての道満は弱く無邪気な幼子のまま変わっていないのだろう。自らの手で育てたといっても陀天が知るのはせいぜい青年期までの道満だ。その後の彼がどのような思想を持ち、いかなる所業をしていたかは想像の域を出まい。

「通常、人並みに生きていたなら、世の理そのものである〝死〟に逆らおうとは考えもしません。考えたとしても実際に成功する者は誰もいないでしょう。ですが、奇しくも道満には、並の人間を大きく上回る力が備わっていた」

「狐の血が、悪しき方面に働いてもうたということか。とすれば、それはわらわにも、少なからず責があろうの」

「陀天さま……」

宗旦が窺《うかが》うように陀天を見上げる。

当の陀天はそれきり顔を俯け、固く口を噤《つぐ》んでしまった。

たとえ邪であろうとも、親として、我が子の夢を支持し続けるのか。それとも子の非道を止めるべきなのか――無言のうちに葛藤《かっとう》しているのだろう。

静まり返った塒に聞こえるのは、火鉢の上の鉄瓶《てつびん》が湯気を上げる、どこか空しい音のみとなった。瑠璃は茶を淹れ直そうと静かに腰を上げる。ふと傍らの麗へ視線をやれば、童女も陀天の苦悩を感じ取っているのか、伏し目がちに視線を漂わせていた。

──道満の野郎はとことん罪な奴だ。麗も、陀天さままで悩ませて。

瑠璃には親になった経験がない。さりとて親心というものは、何とはなしに理解できる。だからこそ本心を口にすることはできなかった。

──本当は、陀天さまにも黒雲の味方になってほしい。

急須に湯を注ぎながら、瑠璃は誰にも聞こえぬようにため息をこぼした。

──でも陀天さまの気持ちを考えりゃ無理強《むりじ》いなんてできっこないよな。陀天さまには色々とよくしてもらったのに、辛い話を聞かせちまった。もうこれ以上は何も言わず、ただ共感することに終始するんだ。何せあんなに深刻な顔で、しかも身じろぎ一つしないくらい、思い詰めてらっしゃるんだから……。

が、実のところ、陀天が黙りこくっている理由は別にあった。

「──変てこな者どもが来る」

「ええ、そうでしょうとも陀天さま。変てこな……変、何て？」

聞き返した直後、塒が再度ぐらぐらと揺れだした。

否、揺れているのは塒だけではない。地面そのものが揺れているのだ。

——この感じ、ただの地鳴りとは違う。

ただでさえ崩れかけている天井はさらに軋み、襖《ふすま》や障子《しょうじ》は音を立てて外れ、湯呑が勢いよくひっくり返る。塒は今にも全壊してしまいそうだ。

「何だっ？　一体全体、今度は何だってんだ？」

「瑠璃——」

やがて塒の外から、足音が響いてきた。ドド、ドドド——と次第にこちらへ近づいてくるいくつもの足音——これほどの揺れを引き起こすくらいだ、相当な数であることだけは間違いない。

今度こそ敵襲か。だが男衆はまだ東寺だ。肝心の瑠璃にも、ろくな武器がない。

——こんな時に……。

身を硬くする麗を左腕で抱きながら、瑠璃はいよいよ警戒心を高める。

見れば宗旦も陀天の膝にぴったりとくっついていた。ところが怖がりな妖狐の表情にはおびえがない。それどころか両耳はぴんと立ち、瞳には嬉々とした輝きすら見えるではないか。

「オオオオオオ」

「ウラウラアアア」

果たして困惑のさなか、足音の主たちは不躾《ぶしつけ》に時へ飛びこむや否や、

「ひゃはーッ！　俺さまが一番だぜ！　さすが俺ェ！」

「ま、負けた……完敗だ……」

髑髏《がしゃどくろ》のがしゃは高らかに勝利の雄叫びを上げ、油すましの油坊《あぶらぼう》は玄関でばたりと倒れこむ。辺りには油坊の出現させた火の玉たちが、これまた疲れた様子で上下に浮遊していた。

どうやら誰が一番足が速いか競っていたらしい。

「はあ、はあ、も、無理ィ――おえ」

「頑張るのだお恋《れん》どのっ。あともう少し、ほら着いたあっ」

丸々とした体でえずく狸に、まだまだ元気いっぱいの様子の狛犬《こまいぬ》。付喪神《つくもがみ》のお恋とこまだ。

馴染みの妖たちを見た宗旦は跳び上がって喜んだ。

「皆ァ、久しぶりっ」

「おお宗旦じゃないか！　ちっと見ないうちに冬毛でモッサモサになったなあ？」

油すましと妖狐は手を取りあってはしゃぎ、髑髏と付喪神たちも輪に加わったかと思えば全員で再会を祝う小躍りを始めた――この居間には固まったままの瑠璃や麗が

いるのだが、まったくもって目に入っていないようだ。

「ふうん。ここがコクウンとかいう人間の住み処《すか》かいな」

そして陀天の言う「変てこな者ども」とは、馴染みの四体だけではなかった。

「なかなか住み心地がよさそうやなァ」

「こっち来てみよし、相撲《すもう》するんにお誂《あつら》え向きの庭があるえ？」

「ありゃりゃ？　何やこれ、二階が潰れてもうてるがなッ」

ぞろぞろと押しかけてきたのは「河童《かっぱ》」に「天狗《てんぐ》」、「ろくろ首」。

簪《かんざし》や琵琶《びわ》などの器物に魂が宿り、手足が生えた多様な「付喪神」たち。

腕に無数の目を持つ女子「百々目鬼《どどめき》」がいれば、肌が紫一色の「茄子婆《なすばばあ》」も。

イタチのごとき「貂《てん》」の他にも、三毛柄の「五徳猫《ごとくねこ》」に、「雷獣《らいじゅう》」、「雨降り小僧」、「ちんちろり」――。

今や塒には数えきれぬほどの妖が押すな押すなとひしめきあっていた。はてさて、京にはこれだけ多種多様な妖が潜んでいたのか。決して狭くはないはずの黒雲の塒がかくもぎゅうぎゅう詰めの有り様。中に入りきらなかった者たちは外の通りでやんやと騒ぎ立てている。

妖たちの楽しげな様を前に、瑠璃と麗はといえば、口をあんぐり開けたままその場で放心しきっていた。

――は、何……？　どういう状況だ、これ……？

「いよう瑠璃！」

不意に、がしゃがこちらを振り返った。

「そんなとこで置物みてえになってるから気づかなかったぜ。ちうか何だお前、髪切ったのか？　案外と似合うじゃねえの」

「……お前、どうしてそんな風にわっちと喋《しゃべ》れるんだ。まるきり〝普通〟みたいに」

「はァ？　何だ今さら？　普通も何も、骸骨だって喋るに決まってんだろ。さては寝ぼけてんな、かかか」

愉快げに笑う様から推察するに、およそ三月《みつき》も顔をあわせぬうちに喧嘩別れしたことなどころりと忘れてしまったらしい。人間と違って負の感情を引きずらないところは妖の長所と言えるだろう。とはいえ、だ。

あれだけ気落ちしたり悩んだりした時間は、何だったのか。

友と別れた寂しさや己の不甲斐なさに枕を濡らした日々は、一体。

気が遠くなりかける瑠璃をよそに、

「しかしよかったじゃねえか、その感じじゃ無事に地獄から戻っ――てうおおッ？

だだ、誰だそのとんでもねえ美女はッ？」

陀天を見るなりがしゃは声をひっくり返した。その驚きようたるや、もし髑髏に目玉があったなら確実に飛び出していたことだろう。

「あのォ、えと、初めましてべっぴんさん。俺、がしゃってんだ。よけりゃあ名前、聞かせてくれるかい……？」

「神の名を忘れるとは失敬な骸骨やの。わらわはしかと覚えておるえ？　口に入れた時に広がる、そなたの味もな」

稲荷山にて行われた怪しげな儀式。祭壇の向こうで舌舐めずりする黒狐。

目の前にいる美女がかつて自分をねぶった稲荷大神であると気づいたのだろう、がしゃは「ひィ」と悲鳴を上げるなり近くにいた麗にしがみついた。

「助けてぇ！　もうしゃぶっちゃイヤッ」

「あ、あの……」

「おいやめろがしゃ、麗にひっつくな。見るからに困ってるだろ……それはそうと、いい加減にどういうことなのか、誰でもいいから説明してくれッ！」

辛抱たまらず叫んだところ、

「何だ瑠璃、豊二郎から聞いてなかったのか？」

ちょろちょろと駆けまわる小さな川熊《かわぐま》たちをよけつつ、油坊がこちらへ歩み寄ってきた。

「っとと、こら前を見ないと危ないぞ……ちょうどひと月前だったかな、賀茂川《かもがわ》にかかる葵橋《あおいばし》で豊二郎とばったり出くわしたんだ。その時お前は地獄に行ったと聞いていたが」

「ああ、おかげさんで現世に戻ってこられてね。その話なら豊から教えてもらった。確かお前たちは、京中をまわって妖を――」

そこで瑠璃は察しがついた。

埒の至るところで騒ぐ妖たちをぐるりと見渡す。

「もしかして、説得に成功したのか？　ここにいる妖たち全員、味方につけてくれたんだなっ？」

快活な笑みを広げ、油すましは「そうとも」と頷いた。

道満一派との争いに非力な妖がどう参戦できようか。悩んだ油坊たちは、それぞれの力だけで足りないならば「数」で勝負しようという結論に至った。百鬼夜行《ひゃっきやこう》で親しくなった京中の妖たちに掛けあい、仲間になってほしいと頼みこんだのである。

当初、京の妖は難色を示すばかりだったという。それもそのはず、妖は人間よりも敏感に京の脅威を感じ取っていたのだ。不気味な禍ツ柱が立ち上がり、邪気に触れた人間は様子がおかしくなっていき、さらには鬼が顕現する。京に流れる気が日増しに異様なものと化していく中で妖たちは自衛をするのがせいぜいだった。まして妖狩りを行った張本人らを相手に戦うともなれば、及び腰になって当然だ。

それでも、油坊たちは諦めなかった。

「江戸から来た俺らの友だちが、たった五人で京を救おうとしてるんだ。京の妖だって故郷を守るため立ち上がる時だろう――そう根気強く頼んでたら、少しずつだが賛同してくれる奴が増えていってな。今じゃこのとおりさ。思ってたよりも大所帯になったモンだ」

「そう、だったのか」

友らが懸命に駆けまわって説得を重ねる奮闘ぶりを想像すると、瑠璃は知らず、目頭が熱くなった。

「ちなみに、今日ここに来てない奴も合わせると全部で千体はいるんだぞ？　これで〝妖軍〟の結成だ。さあ瑠璃、夢幻衆と戦うためにできることは何でも言ってくれ。一緒に露葉を救おう！」

「あっ。いや、そのことなんだが」

力強く宣言する油坊とは反対に、瑠璃はたちまち言葉に詰まってしまった。

「何というか、お前たちが塒を出ていってから色々あってな――」

百瀬《ももせ》の三兄妹が死した結果、夢幻衆が自然消滅したこと。囚われの身だった露葉をすでに救い出したことを伝えると、

「えええええ！」

油坊だけでなく付喪神や髑髏も一斉にのけぞった。

「いつの間にそんな」

「拙者《せっしゃ》らの出る幕は、結局なかったということか。せっかくあちこち走って頑張ったのになあ……」

「まァいいじゃねえか、夢幻衆っつう敵もいなくなって露葉も無事なら、これにて一件落着ってなモンだ。よし！　妖軍、解散ッ！」

さっそくがしゃが京の妖たちを帰そうとするものだから、瑠璃は大慌てで止めに入った。

「待てっ、話は終わってねえんだ。むしろこの先が大事でな」

はてと不思議そうにする妖たちを順々に見、最後に狸へと目を留める。

「夢幻衆の黒幕、蘆屋道満がまだ残ってる。奴は京に生きる人間、妖、神、すべての

魂を自分のものにしようとしてやがるんだ。あの男は……お恋、落ち着いて聞いてくれよ。道満の正体は、文野閑馬だ」

途端、お恋の表情が硬直した。

「嘘。それじゃ今までのこと全部、閑馬先生のせいだったってことですか？　妖狩りも、長助さんや白さんが死んじゃったのも？　私たちを助けてくれた閑馬先生が黒幕だなんて、そんなの――」

「お恋はん、残念やけど嘘やないんよ」

宗旦の言にお恋はやがて俯いてしまった。きっと心の中で「閑馬」と過ごした日々を思い返しているのだろう。

「……それで瑠璃どの。黒雲はこれからどうするつもりなのだ？」

瑠璃は狛犬へと視線を転じた。

「当然、道満と戦うさ。奴が今までしでかしたことも、これからやろうとしてることも絶対に見過ごすわけにはいかねえ。だから」

言葉を切ると、瑠璃は寸の間、唇を噛んだ。

――だから……。

依然として、葛藤はあった。だが底知れぬ強敵である蘆屋道満と戦うには、どれだけ備えを万全にしたところで不安は尽きない。相手がいつ、いかなる手段をもって事を仕掛けてくるかも見通せない今、黒雲にはせめて仲間が必要だった。より多くの、信じられる仲間が――。

瑠璃は友らに対し頭を下げた。

「今まで本当にすまなかった。わっちはお前たちの気持ちを抑えつけてばかりいた。妖の可能性を信じようともせず、ただ危険から遠ざけることばかり考えてた」

だから今度は、自分の口から頼みたい。

「どんな戦いになるかはまだ何とも言いがたいが、道満が相当に強いってことだけは確かだ。奴を倒すにはわっちら黒雲の力だけじゃ足りないかもしれない。だから、虫のいい話に聞こえるだろうけど、お前たち妖軍の力を貸してほしいんだ。黒雲と一緒に戦ってくれ。このとおり頼――」

「うむ、わかったのだ」

「早ッ！」

あまりの即答ぶりに瑠璃は勢いよく頭を上げた。これがもし人間なら今までの不満を言い連ねたり未知なる戦いに臆《おく》したりと色々あってよさそうなものなのに。こうも早く答えを出してよいのかと、かえって心配になってしまった。

片やこまは何がおかしいのかと言わんばかりに首をひねる。

「だって元々戦うつもりで軍を作ったのだし。なあ？」

水を向けられた油坊とがしゃは揃ってコクコクと頷く。

次いで一同は、塩垂れているお恋へと視線を注いだ。

「……もちろん、いいに決まってるじゃないですか。そりゃあ閑馬先生と戦うだなんて夢にも思ってなかったですし、哀しいけれど」

お恋はずび、と洟《はな》をすすり上げた。

「でもこのまま放っておいたら京の妖さんや神さまだって危ないんでしょう？　それに、人間だって皆」

「ああ、そのとおりだ」

「だったら相手が誰であろうと止めなくっちゃ。私だってやる時はやりますよっ。黒雲と妖軍、力を合わせて京を守るんです！」

死した長助や、白のためにも。

狸の弁に妖たちは「おお！」と声を張った。

するとここへ水を差したのは、

「これ、そこが狸」

　陀天はきょとんと振り向いたお恋を、思案げな目で眺めていた。

「そなた、ホンマは亡き友の弔《とむら》い合戦をしたいだけやないのんか？」

「弔い……それもありますけど、全部じゃありません」

「京を守るため、か？　まあ京の妖を守りたいゆう気持ちは然もありなん。されど、何ゆえ人間まで守ろうとするのや？」

　陀天は問うた。

　妖とは大半が人間に気づかれぬ存在、そこにいない存在だ。気づかれたところで大多数の人間は彼らを「魔」もしくは「害」と決めつけ邪険に扱うか、見てはいけないものだとして無視を決めこむ。そうした人間たちを、なぜ、守ろうというのか。ややもすれば命懸けの戦いとなるかもしれないのに。

「なぜ、ですか……」

「そなたらも身に染みて感じておろう？　人間の愚かさや、醜さを。人は人こそが万物の頂点に立つべき存在と言うて憚らへん。稲荷神すらしょせんは狐、崇《あが》める道理はないと豪語する不届き者までおる。妖を見る目はなおのこと冷たかろう」

「確かに昔、何度となく人間から〝物の怪〟とか〝化け狸〟とか言われて嫌な気持ちになったことがあります。あの哀しくて寂しい気持ちは、もう思い出したくないな。

人間を傷つけようだなんてこれっぽっちも思ってないのにどうしてそんな風に言うんだろうって、人間のことがちょっぴり嫌いになったこともありました」

「そうであろうとも」

けれど――と、お恋は瑠璃を見やり、照れたように顔をほころばせた。

「そんな人間ばっかりじゃないんだって、ある時気づいたんです。思い出した、って言った方が正しいかな。人間の中には冷たい人もいれば温かい人もたくさんいる。だから……うーん、あんまりうまく言えないんですけど……〝好きだから〟って理由だけじゃ、駄目ですかね？」

真ん丸の瞳を向けられた陀天は、束の間、眉間に皺を寄せた。

「人間が、好きだから、とな」

神の不機嫌を感じ取ったのだろう、狸はうろたえた。

「な、何かごめんなさいっ。でも私、難しいことはよくわかんなくって、思ったことをそのまんま言うしかできなくて、それで」

しばらくの間を置き、固く引き結んだ美女の唇から、

「――ふふっ」

と、声が漏れた。かと思いきや、稲荷大神は豪快に口を開けて呵々《かか》と笑いだした。

陀天がこれほど大笑いするのを見るのは初めてだった。宗旦すらも母なる陀天を見上げて目を白黒させている。一体、何がそれほど面白いのであろうか。

「やれ、かように単純明快なことをよもや妖から教わろうとはな。わらわも歳を取ったものや」

視線を交わしあう一同を尻目に、陀天はひとしきり笑うと吐息をこぼした。

「人の心が醜いものでしかないのなら、神が人とともに消えゆくのもまた天命。そう一時は思ったが、そなたらのような者がおるんなら……なるほど人間も、まだ捨てたものやあらへんわな」

ゆったりと微笑を浮かべた美女は、ひた、と瑠璃に目を据えた。

「よし決めた。狐の軍を率いてわらわも戦に加わろう。むろん日ノ本に散らばる稲荷神すべてを召集するわけにはいかへんが、少なくとも一万は参戦できようて」

「一万ですって？　本当にっ？　ああ、陀天さま――」

「礼ならいらへんえ。事が終わるまではな」

先んじて言葉を封じると、陀天は静かに瞑目《めいもく》した。

――〝好きだから〟……陀天さまのお気持ちも、お恋たちと同じだったのか。

陀天が愛するのは我が子のみならず、京に生きとし生けるすべての命――そこには間違いなく、人間の命も含まれていたのだ。

とかく「愛」と「憎しみ」は表裏一体。神を都合よく扱う人間に覚える憎しみのぶん、陀天は心の奥底で、人間を深く愛し続けていたのである。さればこそ京を守る神として、真に守るべきは何かと思い定めてくれたのだろう。

千の妖軍。

万の狐軍。

二つの援軍を得た瑠璃の心には今、確かな光明が差していた。

――これならきっと、蘆屋道満に勝てる。

されど光明はふとしたことで揺らぐ。

「忘れたらあかんえ瑠璃。わらわたち狐軍はあくまでも援護にまわる。いくら何でも同胞の道満を直に討つなどということはできひんさかいな……妖軍にも無茶はさせられへんやろう。せやから戦の中心になるんは、そなたら黒雲や」

「ええ、心得ております」

「わけてもそなたは攻撃の要《かなめ》。そなたが倒れれば勝機はない。ええな、今から飛雷どのと入念に息をあわせておくことや」

その瞬間、麗が首を垂れたのが横目でもわかった。

——そうだ……どれだけ味方を増やせても、飛雷がいないままじゃ、戦も何もあったものじゃない。

高額な名刀を何本そろえようと、道満の前では玩具も同じだ。

さりとて一体、どうしたらよいのか。

「どないしたのや瑠璃。まだ何か気がかりなことでも？」

解決策の一つすら思い浮かばぬ問題でも、ひょっとして神なら、答えを有しているだろうか。

瑠璃はくいと視線を上げ、藁《わら》にもすがる心持ちで稲荷大神の瞳を見つめた。

三

京の冬空はどんよりとして暗いものだ。目に映るものはみな霞《かすみ》がかって見える。遠く北東の比叡山《ひえいざん》からは「比叡《ひえ》おろし」と呼ばれる冷たい風が流れてきて京特有の湿潤な気とあわさり、湿気を孕《はら》んだ冷気に変わる。師走の半《なか》ばともなればなおのこと、骨身にまで染みるような冷気に鳥や獣も身を縮こめるしかない。

厳しい寒風の吹き渡る京にあって、しかしこの日、稲荷山の頂上には、むせ返らんばかりの熱が満ちていた。

火床《ほど》の内側でごう、と燃え盛る橙《だいだい》色の狐火。

鞴《ふいご》で風を送れば火の粉とともに激しい熱波が押し寄せてくる。

「さあ。飛雷どのの牙をこちらへ」

促されるまま、瑠璃は握りしめていた龍神の牙を稲荷狐に手渡した。飛雷が麗を守るため贈り、そして飛雷自身に止《とど》めを刺したかの牙である。人間に姿を変えた稲荷狐は牙を押し戴《いただ》くように掲げると、梃子皿《てこざら》に積み上げた玉鋼《たまはがね》――刀身の外側となる皮鉄《かわがね》の上に、白い牙を慎重に載せる。

飛雷の牙が玉鋼もろとも熱されていくのを見つめながら、瑠璃の表情はかつてなく硬かった。

飛雷の消滅を伝えると陀天は予想どおり、否、予想以上の衝撃を受けていた。太古の時より生き続けてきた最後の龍神が、他ならぬ道満の奸計《かんけい》によって倒れたのだから動転するのも無理はない。だがさすがは京を守護する稲荷大神、陀天は即座に気を持ち直すや、瑠璃にこう提案した。

折れた黒刀を鍛え直してみてはどうか、と。

飛雷は瑠璃の心の臓に棲むと同時に、滝野一族が鍛えた黒刀も依り代《よりしろ》としていた。その依り代さえ元どおりに復元できたなら、飛雷の魂が再び宿るだろうと推したのである。

しかしながら刀の復元など不可能だ。そう首を振った瑠璃に対して陀天は、「やってみなければわかるまい」といつにも増して厳粛に述べた。入り用な道具や素材はこちらで揃える。それともこのまま、何もせずにいるのかと――。

かくして瑠璃は単身で稲荷山を訪れ、稲荷狐たちの手を借りて刀の打ち直しに挑むこととなったのだった。

熱された玉鋼が火床から取り出される。二体の稲荷狐はそれを金床《かなとこ》に据え、あうんの呼吸で槌《つち》を振る。これは刀鍛冶《かじ》の重要な工程の一つ。熱で軟らかくなった玉鋼を平たく打ち延ばし、さらに折り返して何度も打ち延ばすのだ。こうすることで飛び散る火花とともに不純なものが取り除かれるばかりでなく、幾重にも重なった層が生まれることで、刀身の強度を増すことができる。

本来の刀鍛冶ならばここへ心鉄《しんがね》と呼ばれる別の玉鋼を用いるのが常道だ。心鉄は皮鉄に比べていくぶん軟らかく、刀身の核となる。心鉄と皮鉄を鍛接《たんせつ》して棒状に延ばし、形を整え、土置き、最後に焼き入れ、といくつかの工程を経ることで刀は完成する。だが、此度《こたび》は作刀でなく刀の修復。ましてや「神の依り代」を直さなければならない。通常の材料や工程では意味を成さないだろうというのが陀天の考えであった。

「心鉄に、飛雷の牙を使う――これで成功するでしょうか」

黒狐の姿に戻った陀天も瑠璃と同様、鍛えられていく玉鋼を神妙な面持ちで見つめていた。

「そなたの話を聞くに、滝野一族が初めて飛雷どのを黒刀に封印したのは数百年も前のこと。長きにわたり刀に封じられたことで、飛雷どのの魂はおそらく刀とまじりあい、一体化しておった。さればこそ刀の形状を変え、黒蛇に変化することさえできたのやろう」

「では飛雷の一部を使って刀を繋ぎあわせれば、自ずと魂も戻ってくる、と」

「不安かえ」

神たる陀天は聞かずとも察していたのだろう。勢いよく燃え盛る炎を映していながらも、瑠璃の瞳の奥底が、暗く打ち沈んでいることを。

「……鋼の鍛錬が済むまで一つ、昔話をしてやろか」

「昔話、ですか」

頷くと、黒狐は頭上にのぼる白みがかった太陽を見上げた。

今を去ることおよそ八百三十年の昔。平安京で火災が発生し、内裏《だいり》に奉納されていた護身剣《ごしんのつるぎ》、破敵剣《はてきのつるぎ》という二振りの霊剣が焼失してしまう。これらの霊剣は「大刀契《だいとけい》」とも呼ばれ、帝の威光を示す宝器の中でも三種の神器に次ぐ秘宝であった。

かくも大切な霊剣なのだ、どうにかして再鋳造《ちゅうぞう》する手立てはないものか。こう帝から直々に依頼を受けたのは当時、陰陽寮の長であった賀茂保憲。そして保憲が弟子として目をかけていた陰陽生、安倍晴明である。神秘なる力を秘めた霊剣の再鋳造が叶うとすれば、世の神秘を識《し》る陰陽師らをもって他にないと帝は考えたのだろう。

が、いくら帝たっての頼みといえども、焼失してしまった霊剣を一から作り直すことなどできるはずがない。ことに二振りの霊剣は宝器として宝物蔵の中に厳重に保管されていたため、どんな見た目や形であったかすら詳しく知れないのだ。あな不憫《ふびん》な陰陽師らよ、と内裏の官吏たちは噂《うわさ》して憚らなかった。無理難題を押しつけられて、今ごろ途方に暮れていることだろう、と。

ところが彼らの予想を大きく裏切り、保憲たちは五帝祭《ごていさい》なる物々しい儀式を執り行ったかと思うと、数日のうちに霊剣の再鋳造を成し遂げてしまった。新たに鍛えられた護身剣と破敵剣に施されていたのは七星文《しちせいもん》、すなわち北斗七星と、四神の意匠。目には見えねど、そこはかとなく感じられる神なる力――これぞ失われた霊剣に相違ない。喜んだ帝は最大級の賛辞を保憲と彼の弟子、晴明に与えた。

この時、晴明は四十一。霊剣の再鋳造は後に蔵人所《くろうどどころ》陰陽師にまで昇進していく晴明が最初に達成した偉業だという。

が、偉業の裏にはとある絡繰《からく》りがあった。

「種明かしをすると、五帝祭は帝や官吏どもの目を引くために行った、見せかけの儀式。晴明は焼け落ちた宝物蔵の中から霊剣の灰を掻き集め、玉鋼と混ぜあわせることで霊力を再現してみせたのや。ここ稲荷山で狐の相槌《あいづち》を供とし、さらには神通力《じんつうりき》がこもったわらわの狐火を用いてな。そこには一人の男の手引きがあったのやが、瑠璃、誰やと思う？」

「……晴明公の弟、蘆屋道満ですね」

陀天は「左様《さよう》」と首肯した。

つまり道満の力添えがあったからこそ、晴明は霊剣の再鋳造に成功したということらしい。まるで能の「小鍛冶《こかじ》」を思わせる物語だ。

「あの頃はよかった」

来《こ》し方《かた》の思い出に浸《ひた》るかのように、陀天はぽつりと独《ひと》り言《ご》ちた。

「晴明と道満は、互いを心より信頼しあっておった。各々《おのおの》の力がどれだけ強かろうとも、双子は二人で一人前。それをようけ理解しておった。あの豊二郎と栄二郎とか申す兄弟を見ておると昔のことが思い出されてならへん。晴明と道満も、かつてはああであったと──」

「陀天さま。準備が整いましたえ」

と、槌を振るっていた稲荷狐が陀天に目配せする。どうやら玉鋼の鍛錬が終わったようだ。

黒狐の両目に厳然とした光が戻った。

「ご苦労。して、宗旦の清めは終わったか」

「はいここに、陀天さま」

緊張した声で応じたのは青年の姿に変化した宗旦だ。その身は純白の直垂《ひたたれ》に包まれ、金色《こんじき》の長髪は後ろで一つにくくられている。

安倍晴明の霊剣鋳造は、彼が懇意にしていた妖狐とともに行われたそうだ。作刀の最終段階、刀の峰と切っ先を整えていくにあたり、妖狐が手元で合図を打ち、それを受けた晴明が加減を調整しつつ槌を振るったのである。

黒刀の修復にもできる限りその時と同じ状況をもって臨《のぞ》むべきだろう。そう踏んだ陀天は、瑠璃の友である宗旦に大役を言い渡したのだった。

「瑠璃はん、おいら……」

「そう身構えなくてもいいよ。宗旦、お前さんはしっかり右手で柄を支えててくれ。頃合いを見て刀身を返してくれさえすれば、加減はわっちが見極める」

瑠璃の言に、宗旦はなお緊張を滲ませながらも奮然と頷いた。

補佐を務める稲荷神が、熱された黒刀を火床から取り出す。金床の中心に軟らかくなった玉鋼を削《そ》ぎ、その上に折れた刀の断面、さらに上から玉鋼、と細心の注意を払いながら素材を重ねていく。

宗旦は金床のそばで片膝をつく。黒刀の柄を右の隻腕で握る。瑠璃は金床の横に立つ。稲荷狐の手を借り、左の隻腕に槌を縛りつける。刀の鍛接が始まった。

カン、カン、と鳴り響く槌の音。

宗旦が素早く刀身を返す。今なお火床で燃え滾《たぎ》る狐火の熱を浴びながら、瑠璃は槌を振り下ろす。

滝野一族の里に生まれた瑠璃は、大人たちが鍛冶をする場面を幾度となく見たことがあった。滝野は鍬《くわ》などの鉄農具ばかりでなく時には先祖伝来の技術を用いて刀鍛冶も行っていた。あの時はほんの幼子であったが、刀を打つ一連の様も実父が流す汗の一滴すらも、今なら余すことなく思い出せる。実践した経験がなくとも刀鍛冶の極意は瑠璃の血に、そして心に刻まれていた。たとえ滝野の里が、もうこの世に存在しなくとも。

槌を振り下ろすたび迸《ほとばし》る火花。玉鋼が徐々に黒刀へと染みこみ、馴染んでいく。

必ず成功させなければ。瑠璃の左腕には自然と力が入った。

一心同体の自分が生きているということは飛雷も死んではいないはず。「お前が死ぬ時、我も死ぬ」――こう飛雷自身も述べていたから間違いはないはずなのだ。にもかかわらず、飛雷はなぜ戻ってこないのか。一体何が復活を阻んでいるというのか。

――飛雷。わっちとお前は、同罪だ。

視線をまっすぐ金床へと据えたまま、瑠璃は心で語りかけた。

――わっちは滝野の里に悪を呼びこみ、お前はわっちの体を使って、里の人間を殺し尽くした。でも麗が、滝野の血を引くあの子が言ってくれたじゃねえか。瑠璃のことも、飛雷のことも、「許す」と。

心の内を明かすことは滅多になかったが、飛雷が麗への罪悪感に苛まれていたのは明らかだった。それゆえ当の麗から許されたことで、黒蛇の苦悩もなくなったとばかり思っていた。

――でも、違ったんだ。お前の心を苦しめていたのは麗のことだけじゃない。もっと深く、切なる悩み。人間として生まれた自分には想像すらつかぬ根深い懊悩《おうのう》が、飛雷の心を蝕《むしば》んでいたのだとしたら。

思い当たる節はいくつかあった。

――麗というあの娘に出会って思うたのじゃ。我が悠久の時を今に至るまで生き続けておるのは、それ自体が罰ではないかと。

――飛雷、お前は……。

カンッ、と槌が鋭く音を立てる。

違うと思いたかった。あの飛雷がそんなことを考えるはずはないと。

だが皮肉にも、胸に呼び起こされる黒蛇の言葉は、よぎった「答え」を裏づけるものばかりであった。

――お前たち人間は〝死の恐怖〟というものを覚える。我ら神にはついぞない感覚よ。なぜなら長い生に比べて死の痛みがほんの一瞬で終わることを、長命の神ならみな知っておるからじゃ。時として、生きることの方が死ぬよりもよほど辛い。

――瑠璃よ。お前が死ぬ時、我も死ぬ。さすればこの果てしなき業《ごう》からも、解き放たれるのであろうか。

――なあ、飛雷……。お前は、死にたかったのか……?

そう思い至った瞬間、涙があふれた。

太古に生まれた廻炎《かいえん》、蒼流、飛雷の三龍神は日ノ本を守り、人を守るためにこそ戦い続けた。しかし龍神が過酷な戦いに倒れた折、彼らに救いの手を差し伸べようとする人間は誰ひとりとしていなかった。なぜなら当時の人間にとって神とは、言ってしまえば単なる「武具」。傷つき使い物にならなくなった武具などもはや無用の長物でしかなかったからだ。

愛すべき人間に裏切られた飛雷は邪龍と化した。鬼が鬱屈《うっくつ》した怒りや恨みを吐き出すがごとく、天変地異をもって人間に復讐《ふくしゅう》した。瑠璃の先祖によって黒刀に封印されてからも、破壊衝動が収まることはなかった。やりきれぬ哀しさと虚無感に覆われる中で、飛雷は己を見失っていたのだろう。復讐の牙はとうとう、自身を封じた滝野一族へ向けられることとなった。

しかしながら飛雷の心には、人間への情が残っていた。同じく龍神である廻炎、蒼流の宿世《しゅくせ》である瑠璃と時を過ごすうちに、飛雷は思い出したのだ。いかに己が人間を愛していたか、愛していたからこそ憎しみが生まれたということを。そう自覚するとともにそれまでの己を顧《かえり》みて、絶望したに違いない。

憎しみに駆られ、どれだけ多くの命を奪ってきたか。

どれだけ取り返しのつかぬ罪を犯したか、と。

廻炎は死んだ。蒼流もとうの昔に力尽き、人間に転生した。兄弟分は生を全うしたのである。それなのに、大罪を犯した自分だけが、今なお生き永らえている——日ノ本や人を守るという龍神の志は捨てていなかったろうが、一方で飛雷は自身の「生」そのものに負い目を感じていたのかもしれない。

罪悪感は滝野の血を引く童女、麗と出会うことによって強烈に掻き立てられる。

——我は今、何のために生きておるのか……時折、考えてしまうのじゃ。

神は人間や妖よりも長命だ。誰より不死に近い存在。それはすなわち、死にたくとも死ねないということをも意味する。

黒蛇はこうも言っていた。不死とは人間が思うほどよいものではないと。

してみれば飛雷は、永遠に続く時の流れに疲れきっていたのだろうか。怒り、復讐心、そして罪悪感。途方もなく長い年月を生きるうち飛雷の心には拭いきれぬほどの澱《おり》が溜まり、ゆえにこそ、「死」への憧れを抱くようになったのか。

——お前は知らず知らずのうちに、〝死《し》に時《どき》〟を探してたんだな。

ふと、手が止まった。

天を仰ぐ瑠璃に、刀を返していた宗旦は遠慮がちな眼差しを注いでいた。

「……飛雷……」

拭えども、拭えども、胸の奥から涙があふれ出て止められない。黒刀へと槌を振り下ろすごとに、知らなかった飛雷の感情が流れこんでくるようだった。

――あいつが心の丈を打ち明けようとしなかったのは、何もわっちのことを信じていなかったからじゃない。

真の理由は今だからこそわかる。飛雷は、蒼流の宿世とはいえ人間である自分に「神の苦悩」を背負わせられないと考えたのだ。

「馬鹿野郎が……。お前にとって、わっちは何だ」

歯を食い縛り、再び黒刀へと視線を据える。

「同じ時に生き、同じ時に死ぬ。お前とわっちは一蓮托生。お前とわっちは、相棒だろうが。違うのか？」

さりとて、返事はない。

瑠璃はいっそうの力をもって槌を握りしめた。

カン――。

カン――。

冬空の下に響き渡る槌の音。ますます激しく散る火花。宗旦が刀を返す。瑠璃は槌を振り下ろす。

何のために、生きるのか。

死せば、「永遠」から解放されるのか。

飛雷の苦悩を根本から消し去ってやれる方法を、瑠璃は持ちあわせていなかった。

生きるとは何か。死ぬとは何か。答えは見つからない。

それでも、

「生きろよ飛雷！　わっちには、お前が必要なんだ！」

槌の柄にじんわりと血が滲んでいく。だが痛みはなかった。

迸る想いを乗せ、瑠璃は一心不乱に槌を振り続けた。


いつしか日は落ち、空には膜がかかったような薄い紺色が広がっていた。

火床に燃えていた炎はもはやない。

刀の打ち直しを終えた瑠璃は、黒刀を空に掲げてみる。陀天たちの助けもあって黒刀は一分の隙もなく、どこが折れた箇所かわからぬほど完璧に修復できた。頑丈さも元のとおりだ。

「…………」

しかし空しいかな、黒刀から声がすることは、やはりなかった。

尽力してくれた稲荷神や宗旦は狐の姿に戻り、見るからに落胆した様子でうなだれている。依り代さえ直れば飛雷の魂も戻ってくるはず――そこに一縷《いちる》の望みをかけていた瑠璃も、こうなっては慨嘆《がいたん》するより他なかった。

「そうか。飛雷どのも、人間を愛おしく思うてはったのやな。わらわと同じように」

他方、瑠璃から飛雷の心情を聞いた陀天は思惟《しい》するように目を閉じていた。

「飛雷どののお気持ちはようわかる。神は果てしない時を生き続ける存在。ゆえに限りある命を、魂を燃やすがごとく懸命に生きる者たちを、神は愛おしく思うのや」

限りある命――永遠を生きる神にとって刹那的なその煌《きら》めきが、まぶしく、そして美しく映るのだ。陀天はそう開陳した。

だが神とて必ずしも全能ではない。いつか死ぬ時がやってくる。

「神の死因は大きく分けて二つある。肉体に著しい損傷を受けた際の死。むろん死に至る程度は大きく異なるが、これは人間やあらゆる生き物と同じやな。瑠璃、もう一つの死因が何かわかるかえ？」

瑠璃は憔悴《しょうすい》した目で黒狐を見上げた。

「寿命、でしょうか」

「それも間違ってはおらへんが、正しく言うならば〝魂の死〟や」

「魂の……？」

「元より神は〝信仰心〟あってこその存在。信ずる者がいなくなれば神としての存在意義は無《の》うなってまう。誰からも忘れられた神は生きる意味を失ってまうんや。かくいうわらわも例外やない」

信じる心があればこそ。つまりは京びとの生によって、神たる己が生きている。

そう自覚していることも相まって陀天は黒雲の側に立ち、道満と戦おうと心を決めたらしかった。

「……飛雷が前に言っていました。今の龍神に往時の力はないと。人間に掌《てのひら》を返された時から、龍神はもうこの世に必要とされなくなったのかもしれない、とも」

「うむ、力が失われたのはおそらく信仰心の欠如が原因やろう。わらわの記憶が確かなら、龍神は人間に邪な神と目され、〝要石《かなめいし》〟の呪法で力を抑えつけられたんやなかったか？」

瑠璃は日ノ本を巡る旅の中で要石の呪法を漏れなく取り除いたが、それでも飛雷の力が最盛期のように戻ることはなかった。人がため戦った龍神を裏切った挙げ句、力を抑えつけけんとする人間の残酷な心根こそが、飛雷の魂に傷をつけた最大の要因だったからである。

「あのお方はわらわよりも長く生きてはった。ひょっとすると長命であることそれ自体も、飛雷どのの御心《みこころ》に負担をかけたのやもしらん。長く生きるということはそのぶん、己と他者、どちらの〝業〟も背負い続けるということ……次第に生きる意味さえ混沌《こんとん》としてわからんようになるさかいな」

ましてや誰にも存在を認めてもらえなければ、何のために生きているのか、なおさらわからなくなってしまうだろう。

人に忘れられた時、神は死ぬ。

とどのつまり、飛雷の命を繋ぎ止められるのは今や瑠璃たち以外にいないということだ。しかしながら魂が密に絡みあっていたはずの瑠璃すら飛雷を呼び戻すことが叶わなかった。

——もう、手遅れなのか。飛雷、お前は本当に、死んじまったのか。

そう思うや、ずしり、と重い感覚がのしかかった。

鳩尾《みぞおち》から腹の底へと沈んでいくこの感覚は、白や長助を喪《うしな》った時と同じもの。

大切な者を喪った哀しみが、瑠璃の力をじわじわと奪っていった。

「面《おもて》を上げよ、瑠璃。そなたは最善を尽くした。それでも駄目なら、前を向くしかあらへん」

と、黒狐は物憂《ものう》げに言葉を継いだ。

「こうなってもうた以上、道満との決戦は飛雷どのの力抜きで臨むことになるやろう。されど狐軍にも過度に期待せんときや。今の京びとは邪気に冒《おか》されとるさけ、わらわたちに対する信心も日に日に歪んできとる」

要は稲荷神の力も弱まっているということだ。

「ともかく道満の策が知れん限りは、考えつく備えを片っ端からしておくしかないやろうな」

「……ええ」

「あの双子、豊二郎と栄二郎は黒雲の結界役やったな？　結界の備えはいかに？」

「二人は金輪法《きんりんほう》を会得《えとく》していますので、決戦時にはそれを張ってもらおうと」

「金輪法。真言密教における最強の結界か」

つぶやくと、陀天はなぜか考えこむようにうなった。金輪法を用いることに何か問題でもあるのだろうか。

「金輪法は、間違いなく有効な結界や。が、先に断言しておこう」

一拍を置いて告げられた言葉に、瑠璃は思わず息を呑んだ。

「育ての親なればこそわかる。道満の持つ潜在的な力は、歴代随一の陰陽師と謳《うた》われた晴明の力をも、凌駕《りょうが》しとる」

「な……晴明公すらも……？」

そこへ加えて四神の力も得たならば、一体どれだけの強敵となることだろう。いよいよもって打つ手がないのではないか。

「晴明より力があるんは天稟《てんぴん》やったんか、はたまた幼年期をここ稲荷山で過ごしたからなのか、理由は定かやないがな。いずれにせよ金輪法をもってしても道満の力を抑えきれるかどうかは、微妙なところやろう」

「そんな、それじゃあどうすれば」

「わらわに考えがある。結界役の双子を含めて五人、近いうちに稲荷山へ来るよう伝えよし。ええな、必ず五人や。言うまでもあらへんがそなたは攻撃の要やさかい、五人のうちに入れるんやないえ」

返事をする間もなく黒狐は淡々と続ける。

「結界を何とかすればあとは攻撃や。瑠璃、そなたにも龍神の力が備わっておるんやろう。やはり飛雷どのがおらなんだら扱えへんか？」

「……いえ、何とかしてみせます。刀はこうして修復できたことですし」

「ほな試しに力を出してごらん」

言われるがまま瑠璃は陀天から離れた木立へ移動した。両目をつむり、心にさざめく波が平らかになるよう念じる。意識を左腕へと研ぎ澄ませる。

鬼退治で満足に戦えなかった反省から、瑠璃は蒼流の風を自在に操る特訓を行っていた。その甲斐《かい》あって完璧とまでは言えぬものの、島原での戦いにて出したような風も少しは操れるようになった。

抑え気味に青の風が発生し、左手に持つ黒刀を包みこんでいく。

不意に、

「——痛《つ》ッ」

ずきん、と神経に響く感覚。もっともこれは特訓の際にも起こっていたことだ。暴走さえさせなければ大した痛みではない。

瑠璃は左腕を上げ、近くにあった杉の枯木へと黒刀の刃を近づける。すると刃が触れていないにもかかわらず杉の幹に無数の傷が入った。青の風が幹を斬りつけたのである。

――上々だ。この刀を握ってるとやっぱり調子がいいな。飛雷の魂がなきゃ風を押し留めておくのが難しいけど……。

「もうええ！」

突然の大声に意図せず風がやんだ。

振り返れば陀天は――狐の面立ちでも明らかなほどに――青ざめ、瑠璃の左腕を見る目には動揺の色すら垣間見えた。

「驚いた……陀天さま、いかがしたのです？」

黒狐はすぐには答えようとしなかった。

「宗旦、お前たちも。少しばかり瑠璃と二人にしてくれへんか」

「今どすかっ？　は、はい、すぐに」

不思議がる狐たちをその場から外させ、

「……今のが蒼流どのの、青の風か」

と、言いながら、陀天は正面から瑠璃に向き直った。

「風を出す際に不具合はあらへんか？　どこかがひどく痛むとか、そないなことは」

「あまり強い風を出しすぎると反動で動けなくなってしまうものですから、程々にするようにとうちの男衆から言われています。あとは、そうですね、前々から体の内側が疼《うず》く感覚がありましたけど、今はだいぶ慣れてきました」

陀天の面差しがますます険しくなっていく。何を懸念しているのだろうか、ついには瑠璃の返答を聞くなり口を閉ざしてしまった。

——陀天さま……？

なぜかはわからない。

ただ、瑠璃は予感がしていた。

青の風が、不吉な何かをもたらすものであると——。

「瑠璃。心して聞きよし」

息詰まるほどの無言を経て、ようやく陀天は口を開いた。

「極力、その風は使わないでおくことや。使い続ければそなたは死ぬ」

「……え……？」

死。

そのたった一音が、重い響きをもって覆い被さってきた。

瑠璃の頭は真っ白になった。

「蒼流どのの風はなるほど強力。よもやここまで強力とは、わらわも思っておらなんだ。それが問題なんや」

龍神の力を発揮できるようになったところで、瑠璃はどこまでいこうと人間である。人の肉体で人ならざる力を発揮することには当然ながら代償を要する。まして神の力を使うとあっては反動も相当なものになろう。それは瑠璃自身も承知していたが、事はそう単純ではなかったらしい。

陀天いわく、蒼流の力いかんによっては人間の瑠璃でも扱うことが可能だろうと思っていたそうだ。しかし実際に目にした風は、稲荷大神の想像を遥かに超えていた。強力であるぶん多大な負荷を瑠璃の肉体にもたらし、そうして負荷がかかりすぎた肉体には、必ずや限界が訪れる。すなわち「寿命」という、限界が。

知らず喉が震えた。

「蒼流どのの風はそなたにとって諸刃《もろは》の剣《つるぎ》。寿命を削る風や」

「ですが、この力を使わなきゃ、道満には――」

「あかん！　常ならば人にこないなことは言わんのやがあえて言う。初めて会《お》うた時そなたの寿命は確かに残り五十年以上あった。そなたは八十まで生きるはずやったんや。それが……おそらく裏朱雀との戦いで風を使ったせいやろう。今は残り三十年にまで寿命が減ってもうとる」

つまりあの戦いだけで、少なくとも二十年ぶんの寿命が削られたということだ。

瑠璃は現在、二十六。仮に残された時間がきっかり三十年なら五十六で死ぬということになろう。このままいけば、の話だが。

まるでふわふわと、地に足がついていないかのようだった。

「多少なればさほど問題はなかろうが、制御せず闇雲に風を使ってしまえば、そなたの寿命はそれだけ大幅に削られてまう。本当なら二度と使うなと忠告するところ。それくらい危険すぎる力ということをよくよく考えよし。そなたとて、まだ若い身空で死にたくはないやろう？」

陀天の声がぼやけて聞こえる。一体、誰に向かって話しているのだろう。黒狐や杉の木の輪郭が、どれもこれも曖昧に見える。立ち尽くす自分を、上から眺めているような気分だった。

——死ぬ？　わ、わっちが……？

そう理解するや、身の毛がよだつのを禁じ得なくなった。

飛雷なき今、道満との決戦で風の力が必須となることはまず間違いない。だがその風によって、まさか、自分の命が削られてしまうとは——。

愕然とした、その時だ。

「瑠璃？　これ瑠璃、聞いておるんか」

黒刀を見つめて沈黙する瑠璃に、陀天が何事かと問いかける。

「陀天さま、今……」

が、相手の怪訝《けげん》そうな表情を見て瑠璃は口ごもった。

ごく微かではあったが、黒刀の中から飛雷の声を聞いた気がしたのだ。さりとて陀天には声が聞こえていないらしかった。

――空耳、か。

下を見れば、刻一刻と暗くなっていく天が己の影を伸ばしていた。

なぜ声を聞いた気がしたのか。理由は明白だった。

降って湧いた死の宣告に心がぐらつき、恐怖し、己でも気づかぬうちに黒蛇の言葉を求めていたのである。もう戻ってはこない、相棒の言葉を。

風の力を出せば死が迫る――陀天の警告が頭の中にこだましては消える。死の恐怖をすぐそばに感じながら、瑠璃は冷たい黒刀の柄を握りしめた。

――なあ飛雷、教えてくれよ。わっちは、どうしたらいい……？

四

「それじゃあ瑠璃さん、行ってくるからね」

塒の玄関先へ出た男衆がくるりとこちらを振り返る。

中でも栄二郎と豊二郎の顔つきは、見るに頼もしく引き締まっていた。

「ひまりのことを頼むぞ瑠璃、何かあったら――」

「至急、宗旦をそっちに向かわせる、だろ？　承知したとも。ところで麗、お前さん本当に大丈夫か？　体調はもうよさそうだけど、何ていうか」

男衆に囲まれた麗は落ち着かぬ様子で目を泳がせていたが、そのうち力強く首肯してみせた。

「心配せんといて瑠璃、大丈夫。道満さまと戦うためにウチも何かせなあかんって思っとった。せやからちょうどええんよ」

童女の瞳には不安こそあれ、確固たる闘志も宿っている。これ以上の憂慮は彼女の心意気に水を差してしまうだけだろう。そう得心して、瑠璃も「わかった」と頷き返した。

「さあ麗、荷物を持ってやろう。ちと長い道のりだからな」

「おおきに、権三」

「こら待て待てッ。麗お前、歳いくつだっけか？」

豊二郎から出し抜けに尋ねられた童女は目をしばたたいた。

「年が明けたさけ十三、やけど」

「だったら〝権三さん〟だろ。俺の権さんを簡単に呼び捨てにするな」

「俺の、権さん……？　あ、そういう……ごめん。ウチてっきり、あんたさんの好《い》い人は、ひまりさんだけなんやと……」

「そういう意味じゃねえええ」

わなわなと口を震わせる豊二郎に、錠吉と栄二郎はため息をついていた。

「もういいだろう豊。お前こそ歳はいくつなんだ？　十三の子に大人げない」

「そうだよ兄さん、俺の権さんじゃなくて皆の権さんでしょ？」

「や、それはそれで語弊が……」

ああだこうだと言いあいながら、一行は揃って洛南に向かっていった。内気な麗も権三が一緒なら安心だろう。数日を塒で過ごすうち、人一倍の体格と優しさを兼ね備えた権三に、麗は誰より心を開いているらしかった。

一行の姿が遠く、小さくなるまで見送ってから、瑠璃はやれやれとこぼしつつ踵を返した。

——陀天さまに言われたこと、結局、皆に伝えられなかったな……。

黒狐の警告を思い返すごとに胸がふさぐようだった。

——その風は使わないでおくことや。使い続ければそなたは死ぬ。

いずれ男衆にも伝えなければならない。

とはいえ、己自身でさえ未だ消化できていない驚愕を、何と言葉にすればよいかはわからないでいた。

彼らはきっと自分の身を第一に考えてくれるだろう。道満に対抗するための別の手段を練ろうとしてくれるだろう。瑠璃とてむざむざ早死にしたくはない。数知れず死線をくぐり抜けてきた瑠璃でも此度感じた死の恐怖は別格であった。何しろ残りの寿命まで示されてしまったのだから、恐れるなと言う方が無理な話である。

安寧の世「桃源郷」をさておいても道満と戦う。そう、やっとのことで決意したというのに。忙しない日々を送る中で、今なお栄二郎に、己の気持ちを告げられていないというのに。

――全部のことが片付いたら栄二郎に想いを伝えるんだ。江戸に帰って、麗や宝来の人たちと一緒に〝瑠璃の浄土〟を作るんだ。だから絶対に死ねない。死にたくなんかない。

となれば、道満との戦いでは飛雷はおろか蒼流の力すら使わぬ方向で策を立て直さなければなるまい。

瑠璃は悩み続けていた。全員で知恵を絞れば良案が出ないとも限らないが、いかんせん黒雲は道満の力を一度目の当《ま》たりにしているのだ。彼が発した力の渦を前に、瑠璃たちは手も足も出せなかった。

――あんな出鱈目《でたらめ》な力とやりあうとなったら、やっぱり蒼流の風しか……。

そう考えると、安易に打ち明けることもためらわれたのだった。

思索にふけりながら居間に戻ってみると、

「やあねえ豊さんたら。あんな大声で〝お前、歳いくつだ？〟なんて聞いちゃって」

火鉢のそばではひまりが、赤子用の産着《うぶぎ》を縫っている最中であった。

「家の中にいても丸聞こえでしたよ。まったくもう、ああいうところは昔からちっとも変わらないんだから困っちゃうわ。ややが産まれたらちょっとは大人になってくれるんですかね？」

「……ふふ、どうかな」

夫への文句を垂れつつも、ひまりの顔は楽しげに見えた。

島原で人質にされたひまりは一時体調が案じられたものの、今はいくぶん落ち着いたらしく、近場であれば散歩にも行けるようになった。産婆の見立てによるとあと二十日ほどで出産だという。その頃までには露葉も東寺での治療を終え、こちらに戻ってこられる予定である。

鼻歌まじりに産着を縫う妹分を見ていると、肩の力が少しだけ緩んだ。

「そんじゃひまり、わっちは二階にいるからな。ちょっとでも具合が悪くなったら遠慮せずに呼んでくれよ」

「ええ、ありがとう姐《ねえ》さん。上の火鉢にも炭を入れておきましたから、暖かくしといてくださいね？　京は底冷えがめっぽう厳しいですから」

ふと耳を澄ませば塒の外、堀川《ほりかわ》の方からきゃっきゃと妖たちの笑う声が聞こえてくる。江戸の妖たちと京の妖たちが一緒になり、川沿いで凧揚《たこあ》げや羽根つきをして遊んでいるのだ。

――せっかくの正月も、ろくすっぽ祝えずに終わっちまったからなあ。

ここのところ昼間は陀天が壊した二階の修理――さしもの黒狐も気が差したのか、稲荷狐を手伝いに寄越してくれた――、そして夜は鬼退治、と忙しさにかまけるうちいつの間にやら年が明けていた。正月気分を味わえたのは除夜の鐘と、ひまりが用意してくれた元旦の御節《おせち》くらいのもの。浮かれていられぬ状況とはいえ祝い事が好きな妖たちには些か悪いことをしてしまった。

――まあ何にせよ、あいつらなりに楽しめてるならよかった。せめて妖にだけは、明るい気分でいてほしいから……。

二階へと上がり、寝間の隅《すみ》を一瞥した瑠璃は一転して眉を曇らせる。そこに安置された黒刀は、鋭い輝きを放ちながらも今もって沈黙したままだ。

が、瑠璃の胸を重くさせるのは黒刀のことだけではない。

畳の上に積み上げられた、五十冊を超える分厚い書の山――麗の発言を受けて油小路通の蔵で探し当てた代物である。

果たして蔵の床下に隠されてあったそれらは、予想したとおり、蘆屋道満がしたためた「日誌」であった。

他人に見られぬよう注意しながら書いたためか、あるいは八百年以上もの歳月を生きる中で書くことが見つからなくなったからか、ざっと目を通してみたところ日誌に記された日付は飛び飛びだった。おそらく道満は心を大きく揺さぶるような出来事があった日に限り筆を執ったのであろう。

これらを読めば道満の弱点、もしくは不死の秘法を行う条件その他、勝利に近づくための手がかりが得られるかもしれない。

そしてもう一つ。

――奴の本性が、これでわかる。

蘆屋道満とはいかなる男であったか。

夢幻衆の一人だった麗なら知っているはずだ。そう推した瑠璃は折を見て再び童女に尋ねてみた。

すると返ってきたのはこんな答えだった。

とにかく優しくて、とにかく怖い。それが彼の印象であったと。

――ウチな、蓮音さまたちのことは大嫌いやったけど、道満さまのことは正直、嫌やと思ってへんかった。だって道満さまは一度だってウチを怒鳴ったり殴ったりしぃひんかった。祇園会《ぎおんえ》で裏青龍を暴走させてもうた時も絶対に叱られると思ったんに、〝気にしなや〟って、ウチの頭をぽんぽん撫ではったんよ。

——なら怖いってのは、どういう意味だ？

——それが、自分でもようわからへんのや。道満さまはいつも笑顔で優しくて、そこだけやったら権三と似た感じ。けど、どっかしら冷たくて……人形やから冷たいのとちゃうんやで。道満さまの笑顔からも、優しい言葉からも、人らしい温かさが感じられへんゆうか……。

自分もよく知る「優しい閑馬」。

麗が感じた「怖い道満」。

この矛盾が、日誌を読めば解き明かせるだろうか。

瑠璃は火鉢の横に座りこむと、日誌の山から最も色褪《いろあ》せた一冊を手に取った。

平安の時代より生き続ける蘆屋道満という一人の男。その八百七十年にもわたる、長く数奇なる人生を、追体験せんとして——。

《康保《こうほう》三年　初夏》

「北辰菩薩へ、冥府におわす泰山府君《たいざんふくん》へ、畏《かしこ》み畏み申す――」

蓮台野《れんだいの》には腐臭が立ちこめていた。

じっとりと蒸し暑い夜気に包まれながら、道満は一心に呪を諳《そら》んじる。

眼前にあるのは女子の骸。鳥や獣に死肉をついばまれ、骨ばかりとなってしまった無残な亡骸《なきがら》は、かつて恋慕した梨花の、変わり果てた姿であった。

――遅かった。俺がもっと早《はよ》う、京に戻っとれば……。

兄、晴明の妻となった梨花はそれからたった四年で謎の病に倒れてしまった。彼女を救うには「不死の秘法」を修する以外にない。金烏玉兎集を一緒に繙《ひもと》こう。そう晴明に訴えても、当の兄は「陰陽師の掟」「禁忌は破れない」と主張するばかりでまともに取りあおうとすらしなかった。それどころか業を煮やして禁書を盗み出した自分を、実の弟を、播磨《はりま》へ追放してしまったのだ。

しかし道満は諦めていなかった。監視役の目をすり抜けてようよう播磨を脱出し、必死の思いで京に戻ってきたのである。すべては梨花を救うため――が、時すでに遅し。京に到着したその時、無情なるかな、彼女はすでに死去した後であった。

風の噂で道満は、梨花の骸が風葬地である蓮台野に野ざらしにされていると知った。貴族の身である梨花ならそれ相応の弔いを受け、納棺された上で埋葬か火葬が選ばれるはずだ。ところが風葬は何と梨花自らが望んだことだという。梨花は何ゆえ、風葬を選んだのだろうか。死後むごたらしく骸が野風にさらされてしまうというのに。霊魂は当てもなく荒れ地をさまようしかないというのに。理解に苦しむとしか言いようがない。

困惑する心持ちで蓮台野へと足を向けた道満は、そこに横たわるいくつもの骸を見た。目を背けたくなるような恐ろしさをこらえて梨花を捜す。白骨と化した彼女を発見できたのは、死装束《しにしょうぞく》の上に見慣れた唐衣裳がかけられていたからだ。ぼろぼろに朽ちた「紅梅匂」の唐衣裳。それは紛れもなく梨花が身に着けていた代物であった。

――晴明が、梨花の亡骸にこれをかけたんや。

唐衣裳の切れ端を握りしめながら、道満の瞳には怒りが兆《きざ》していた。

要するに兄は己が妻の死をすんなり受け入れ、彼女の望みどおり骸をここに横たえたということだろう。

この死臭ばかりが漂う、物寂しい地に、だ。

――何でや晴明！　何が掟。何が禁忌。お前ならきっと梨花を救えた。お前の力なら、不死を実現することかてできたはずやないか！

兄は今まで何をしてきたのだろう。妻が死にゆく様をそばで見ていただけか。

道満が梨花を救いたいと願うのは、恋心を捨てきれないからではない。これを機に兄の妻を横取りしてしまおうとは毛ほども思っていない。

理由は単純なこと。ただ梨花に、生きていてほしかった。生涯で初めて経験した身近な者の死。そして喪失感に、心が耐えられなかった。

《冥府の神よ星々よ。かの者はなお死するべき魂にあらず。北宮にありという亡者の名帳より南簡の生者の名帳へと、名を移さしめ給《たま》え》

——ありがたや、道満どの。ほんに嬉しゅうおます。

人形を贈った時に見せてくれた、花咲くような笑顔。兄と夫婦になることを祝福した時の、はにかむような、幸せな笑顔。

——晴明、お前はあの笑顔が二度と見られなくなってもええんか。俺は嫌や。絶対に嫌や。そないなこと、考えたくもない！

呪を唱えつつ、骸の輪郭をなぞるように手刀を滑らせる。

盗んだ金烏玉兎集には次のような一節があった。

対象を麒麟とみなして呪を唱えれば、その者に四神の力が注ぎこまれる。自ずから永遠なる不死がもたらされるであろう、と。

金烏玉兎集の記述は極めて難解で読み解くのにかなりの労力を要したものの、道満は自分なりの解釈でどうにか「不死の秘法」に必要な極意をつかんだ。儀式を行うには四神の霊力を借りねばならない。そこで骸の周囲に京の東西南北――四神の地から採取した土、水、石などを配置した。条件はこれで整えられた。はずだった。

《……かの名は梨花。願わくは死を除き、齢を益《ま》して生を延ばさしめんことを》

呪を終えて最後にとん、と頭蓋《ずがい》に触れる。

すると摩訶《まか》不思議なことに、手足や胴の骨がたちまち宙に浮き上がり、互いに繋がっていくではないか。

――成功だ。

固唾《かたず》を呑んで見守る中、全身の骨が完全に繋がった。むくむくと生まれ出《い》でる筋や肉が、人らしい輪郭をなしていく。柔らかな女子の四肢だ。さらには肌、髪、爪、眼球、と見る間に人体が再生されていく。

「梨花……」

そうして目の前に現れたのは、夢にまで見た、梨花の若く麗《うるわ》しい姿だった。

「やった！　ついに、ついにやったんや！　気分はどうや梨花？　俺のことがわかるか？　なあ、梨──」

だが次の瞬間、梨花の目玉がどろり、と地に落ちた。

「ど……して……道満、ど、の」

道満は硬直した。

長い黒髪が抜け落ち、肉は腐り、次第に内側から骨がのぞき始める。ぼとぼとと崩れていく梨花の体はなおも死臭を放ち続けていた。

──違う、秘儀は成功したんや。こんなはずは……。

されどあまりに準備不足。何より道満は、不死を曲解していたのだ。

「不死」とは、「死者の蘇生」を可能にするものではない。死は完全かつ絶対的なものであり、ひとたび死せば死者は決して生き返らない。よしんば魂を呼び戻せたとしても肉体は腐ったまま。死の苦しみが消えることは、ない。

秘儀は失敗したのだ。

「なぜ、蘇《よみがえ》らせた……」

屍《しかばね》から恨めしげな声が漏れた。思わず地にへたりこむ。腐りゆく手がこちらへと伸びてきても、尻をついたまま微動だにできない。

これが本当に梨花なのか。

この恐ろしい面貌《めんぼう》が、あの美しい梨花なのか。

「なぜ蘇らせたのや。死を、かくも堪えがたき死の苦痛を、もう一度味わえというのか――」

めき、と聞こえた音に瞠目《どうもく》する。

今や梨花の腐った額からは、黒い角がせり出していた。

「おのれ、道満……許、さ、ナ、イ」

自分を呪う鬼の声。崩れていく肉片。

じりじりと迫り来る、死の気配――。

もはや限界であった。道満は立ち上がるが早いか鬼に背を向け駆けだした。野ざらしの骸に足を取られながらも駆ける。がむしゃらに駆ける。

鬼と化してしまった彼女に捕まったが最後、殺されるのは間違いないだろう。首だけで後方を顧みる。すると目に入ったのは、鬼が先ほどと同じ場所で倒れ伏す姿だった。腐った体では立っていることすらままならなかったのだろうか。だが考える余裕などない。まして恐れおののく心では、戻って確かめることなど、できるはずもなかった。

――すまん、梨花。すまん……！

数日後、恐怖を押し殺して再び蓮台野に向かうも鬼の姿はそこになく、見つけたのは汚れた唐衣裳だけであった。おそらく梨花は腐敗に耐えきれず、あのまま朽ち果ててしまったのだろう。

自分は彼女に「二度目の死」を与えてしまったのだ――罪悪感から道満はやがて、黄泉国《よみのくに》へ向かうことを決心する。六道珍皇寺《ろくどうちんのうじ》にある冥土通いの井戸から黄泉へ行き、今度こそ梨花を取り戻そうと考えたのだ。蘇生ができずともせめて、彼女に心から詫びたい。しかしながら結果、辿り着いた黄泉で梨花と再会することは叶わず、暗闇に蠢く亡者たちに翻弄《ほんろう》されるだけで終わってしまう。

亡者の冷たい手の感触。死へと誘《いざな》う声。まるで死臭が毛の一本一本にまとわりつき、肌を通して臓腑へと染みこんでくるようだった。かような異界で生者が正気を保つことは容易でない。這《ほ》う這《ほ》うの体《てい》で現世に逃げ戻った道満は、ふと、歳を重ねても若々しかった己の容姿が老いさらばえていると気づく。

皺《しわ》だらけの肌。抜け落ちていく白髪。嗄《しわが》れた声。果たして黄泉で体感した底なしの恐怖は、老い知らずであったはずの体をも冒していたのだった。

老い、そして、死に近づいている。

腐りゆく梨花の様相。黄泉で見た亡者たちの様相――死の実態が際限なく頭に反芻《はんすう》される。精神を蝕み、破壊していく。

「あああああっ！」

生とは、何とあっけないものか。

死とは、あれほど苦しみを伴うものなのか。

――なら俺は……俺はきっと、死に打ち克ってみせる。

「誰かのための不死」が、「己のための不死」に変わった瞬間だった。

――死の運命も、寿命すらもおののいて逃げ去るほどの、完璧な不死を手に入れてみせる。俺は死なへん。絶対に、死なへんのや……。

《万寿《まんじゅ》四年　晩冬》

腑抜けた顔でだらりと涎《よだれ》を垂らす男を、道満は冷めた目で眺めていた。

どこからか現れた灰色の管《くだ》が男の口、そして自分の胸を繋いでいく。「魂の吸収」がまさに今、行われようとしていた。

魂を抜かれんとしている男はしかし、抵抗するでもなく虚《うつ》ろに宙を見つめるばかり。これは術による影響だ。長年かけて他者から魂を抜き取る術を研究してきた道満は、邪気に触れさせると人間の魂が揺らぐことを知った。緩んだ土から植物の根を抜くようにして、容易《たやす》く体から魂を引き剝《は》がすことができるようになるのだ。

「あう、あ……」

男の口から浮かび出てきた光る玉。管を通り、ゆっくりと道満の胸に消えていく。抜き取った魂は道満の体に馴染み、それと同時に男は事切れた。

——これで、三人目か……。

動かなくなった男を見下ろしながら道満は嘆息した。

この男を選んだ理由はただ一つ。誰もが認める悪漢だったからだ。

文野閑馬と名乗る彼と出会ったのはふた月ほど前のこと。深夜の西京極大路《にしきょうごくおおじ》にて彼がうら若い女子に襲いかかっているのを見た時、道満は内心「しめた」と思った。己が寿命を延ばすためといっても他人の魂を奪うことに背徳感がなかったわけではない。どうせなら悪事を働くごろつきを選び、平安京の治安をよくした方が一挙両得というものだろう。その点、文野閑馬はうってつけの男だった。

物陰から術を施して女子を助けた後、道満はこっそり閑馬の後を追った。住み処を見つけ、日々の行動や嗜好《しこう》を把握し、魂を奪う機会を窺うべく偶然を装って彼と接触したのである。

人並みの寿命を超えて生きるうち、道満は己が人心掌握に長けていること、そして己がどんな風に他人から見られるのかを自覚するようになった。気弱で人当たりがよく、優しい好々爺《こうこうや》――相手の心に取り入るのにこれほどふさわしい気質はあるまい。文野閑馬が心を開くのにもさほど時間はかからなかった。生粋《きっすい》の無頼漢《ぶらいかん》である彼も、毒気がなくどこか危なっかしい老人を見てはさすがに気が咎めたのだろう。そのうち何くれとなく道満に声をかけ、自身の生い立ちなどを語るようになった。

――爺さんよ。俺だって、まっすぐ生きられるモンならそうしたいんや。

いつだったか彼はそう言った。

貧しい家に生まれ、飢饉で両親《ふたおや》を亡くし、助けてくれる者は誰もおらず、食うに困って人を襲うようになったのだと。それを聞いた道満は同情心を覚えると同時に、こうも感じた。

悪人のままでいてもらわなければ、魂を抜きづらくなってしまうではないか。できる限り早く事を済ましてしまおう。罪悪感が心を占拠する前に。こうして彼の魂を抜き取り、道満は、さらに寿命を延ばした。

文野閑馬の住み処を後にして平安京をそぞろ歩いていると、

「訃報！　訃報！　御堂関白《みどうかんぱく》、道長卿《みちながきょう》がお隠れにならはった！」

人々のざわめきが聞こえてきた。

摂政《せっしょう》として一時代を築いた藤原道長が、逝去したのだ。

――時に晴明、先刻は兼家どのから呼び出されたんやろう？　今宵は何のご用やったんや。

――屋敷に蛇が出たとかで、易を行うようにと頼まれた。よもや災いの徴ではあるまいかとな。

「さぞお辛かったことやろう。痩せて目ェも見えんようにならはって」

「最期は九体の阿弥陀さんとご自身の手を糸で繋いで、念仏を口ずさみながら逝《い》かはったそうや。なんまんだぶ、なんまんだぶ。どうぞあの世で安らかに……」

公家たちの話し声を小耳に挟みながら、道満は表情もなく歩き続ける。

藤原道長が摂政の地位にまでのし上がることができたのは、実を言えば、裏で安倍晴明が力を貸していたからではないかという噂があった。おそらく真実であろう、と道満は思う。かの藤原兼家の嫡子といえど、藤原家の中でも微力な五男坊であった道長が有能な陰陽師の占術や呪術なくしてそれほどの立身出世を成し遂げられたとは考えにくい。一方で晴明も天文の探究を続けるために有力貴族の後ろ盾を必要としていた。煎《せん》じ詰めれば藤原家にあって最もうまく晴明を懐柔《かいじゅう》できたのが、道長だったのであろう。ともあれ、

――元気な頃は陰陽師、死ぬ直前には神仏頼みか。人の心ゆうんは弱いモンや。権力、富、浮世《うきよ》のありとあらゆるものを手に入れ実質的に内裏の頂点に立った藤原道長も、死にはかなわなかったということだ。

はてさて、兄が生きていたら道長の死を何と評しただろう――と、そう考えた途端、苦々しい感情が道満の胸に広がった。

長寿になった今だからこそわかる。自分が兄よりも力を有していたこと。そして兄が、弟である自分に密かなる劣等感を抱いていたことを。

――晴明。お前はやっぱり、金烏玉兎集を読んだんやろう？

蓮台野での一件があってから、道満は再び禁書の解読に取りかかった。「麒麟となって不死を得る」、これは四神の司る力が対象に不死をもたらしてくれるという意味だとばかり思っていた。しかし道満は解釈違いをしていたのだ。言うなれば四神は儀式に必要な装置であって、直接的に不死をもたらす存在ではない。

——麒麟は、他者の魂を吸うことによって不死になる。四神の囲む地に生きる命、つまりは京の人間の命を奪うことで不死は完成する。なあ晴明、せやからお前は、あない必死になって俺を止めようとしたんやな。

——お前かて陰陽師の掟を忘れたわけやないやろう？　不死や蘇生は陰陽師にとって最大の禁忌。なぜなら命にまつわる術は、術者の命をも脅かすからや。

掟だ禁忌だとそれらしく述べてはいたが、その実、兄はただ恐れていたのだ。

——お前は秘儀によって自分の身に災いが降りかかることを恐れた。自分がおびえてできひんことを、弟の俺がやってのけることを恐れた。

——堪忍な、道満。本当はお前の方が……。

——わかっとるえ。ずっと、あの時かてホンマはわかっとったけど、兄貴を立てるんが弟の務めやと思って黙っとったんや……晴明、お前は梨花と夫婦になることで、俺に劣っとるちゅう溜飲を下げたんやろ？　せやからその俺が梨花を救おうとするんを、あれだけ躍起になって阻んだんやろ？

いくら心で問いかけたとて、兄が答えることはもはやない。

安倍晴明はすでに二十二年前、八十五歳でこの世を去っていた。時の一条帝は晴明の偉業を称えるべく彼の屋敷があった地に晴明神社を建てさせた。

金烏玉兎集を巡り争って以降、道満が兄と再会することは一度もなかった。会おうという気すら起こらなかった。

――皮肉なモンやな。不死を恐れたお前が死んで神になった。永遠の存在として祀《まつ》られるようになって、それで満足か？　晴明、お前は……とんだ臆病者や。

いかに偉業を成し遂げ、世に価値あるものを生み出し、快楽や満足感を享受してこの世の幸福を味わい尽くそうとも、死ねば何も残らない。無。ひたすらに無。あの世へはどうせ、何も持っていけないのだから。

だとすれば何のために生きるのだろう。

死ねばすべて無駄になってしまうというのに。

無駄。無駄。無駄。無駄。無駄。

――どの命も結局、無駄になるため生きとるんと同じなんか。俺の命も――。

その時だ。ぐら、と急に視界が歪んだ。どうしたというのか足に力が入らない。膝をつき、ついには地面に倒れこむ。

「これは、まさか」

避けがたい瞬間がとうとう来てしまった。

「肉体」の限界である。

いくら他者から魂を抜き取って寿命を延ばすことができても、肉体の衰えを抑えることまではできない。百七歳となった体は至るところが軋み、背骨は曲がり、最近では立ち上がるにも苦労するくらいだった。

――このままやと、死ぬ。

それだけは何としても避けなければならない。方法はある。準備もしてきた。されど道満は、これまでずっと躊躇《ちゅうちょ》し続けてきた。

なぜならその方法を使えば、自分は――。

――もう、そないなことも言うとられへん。一日でも早う実行するんや。

ふらつきながらも起き上がった道満は、ようやく覚悟を決めた。

すなわち生まれ持った肉体を捨て、魂を「人形」へと転移することを。

《文明《ぶんめい》三年　仲春》

応仁《おうにん》の乱が勃発してから、早いもので四年の月日が経った。

陰陽師の装束をまとった道満は祭壇に向かって祝詞《のりと》を上げる。背後にずらりと居並んでいるのは武家の妻女に、身なりのよい町人たち。みなそれぞれ手を合わせ、何事か口の中でつぶやき、必死の形相で祈りを捧げていた。

室町幕府の跡目争いに有力大名の家督争いが絡んで起こった応仁の乱は、細川勝元《ほそかわかつもと》を大将とする東軍、山名《やまな》宗全《そうぜん》が率いる西軍に分かれ、京の各所で激しい火花を散らした。上京を中心に京のおよそ三分の一が焦土と化してしまったのだから、戦乱による被害は極めて甚大《じんだい》というしかあるまい。山科《やましな》、木幡《こはた》、伏見、と戦地が中心から離れていくにつれて洛中も少しずつ元の落ち着きを取り戻しつつあるが、一方で両軍の睨みあいは今もまだ続いている。戦災から逃れるべく公家や武家、裕福な町人はこぞって御構《おんかまえ》なる空堀を築き、その内側に身を潜めた。言わば選ばれた者だけの要塞だ。

とはいえ御構の内側は決して広くなく、衛生的にも劣悪と言わざるを得ない環境であった。いきおい火事が頻発し、疫病が広まるのを抑えられない。困り果てた御構の住人たちは陰陽師に「御《ご》霊会《りょうえ》」を開くよう依頼した。自身らに降りかかる災いを祓い、疫病退散を祈願しようと考えたのである――不都合なこと一切を「魔」のせいにしたがるのは人間の常と言えようか。

御構のうち公家が暮らす区域には安倍晴明の血統である土御門家《つちみかど》が、そして武家や町人が暮らす区域には民間の法師陰陽師が招集された。

道満は、法師陰陽師の筆頭であった。

「おお法師さま、おおきに、おおきに。これで災いは祓われましたのやな？」

御霊会が終わるや否や、一人の町人がここぞとばかりにすり寄ってきた。

何でもこの男、質屋業である土倉《とくら》として財を成したとかで、当時としては高価な木綿《もめん》の直垂に身を包んだ姿はなるほど裕福な暮らしぶりを思わせた。

「祈禱は滞りなく済みました。今ひとまずはご安心召されよ」

「さいですか！　さすが巷《ちまた》で高名な法師さまや、見たところまだお若いのんにえらいモンやで。して、もう一つの祈願は……？」

小声でささやいてくる町人に、道満はにっこりと微笑んでやる。相手が何を求め、何と言えば喜ぶのかは手に取るようにわかる。

「もちろん抜かりなく。戦火が去ればあなたの屋敷は瞬く間に再建され、商いもいよいよもって繁盛《はんじょう》することでしょう」

それを聞いた町人は満足げに謝意を述べた。彼がこっそりと差し出してきた包みを袂《たもと》に仕舞い、道満はその場を後にした。

――〝ついでにうちの商売繁盛も祈っとくれやす〟か……。

町人の言葉を思い返すと、白けた嘆息がこぼれた。

――戦が起こっとるこないな時によう金儲けのことなんぞ考えられたモンや。欲の皮の突っ張った、ちゅうんはああいう手合いを言うんやろな。

現在、御所を含むこの界隈《かいわい》は東軍が守っているとはいえ、勢力は圧倒的に西軍が有利な状況。御構の外では武者たちが攻め入る瞬間を今か今かと待ちかねているのだ。それなのに先の町人は戦の現状よりも己の財に関心が傾いているらしかった。

やれ人間とは、何と滑稽《こっけい》な生き物だろう。そう思わずにはいられない。

――欲に溺《おぼ》れ、命の危機を感じ取る敏《さと》さすら失って。火事やら病やらがあってもここは堀に囲まれとるさかい、安全やとボケてまうんやろか。一歩外に出ればあない殺伐として、死がはびこっとるゆうんに。

身分あるお歴々や富豪たちは御構の内側に閉じこもり、今まさに起きている戦を対岸の火事か何かだと思っている。外にいる身分なき者や貧しい者が戦火に逃げ惑い、飢餓に喘《あえ》いでいることなど考えもしないのだろう。

――それか知っとっても、見て見ぬふりをしとるんか。

五百年以上の時を生きる中で、道満は時代の移り変わりを間近に見てきた。鎌倉幕府の治世から南北朝、室町幕府の治世へ。幾度も元号が変わり為政者《いせいしゃ》が替わっていく瞬間をその両目で見てきた。だがどれだけ世が移り変わろうとも、変わらないことがある。

人間の醜さだ。

応仁の乱とて然り、これまで権力者たちは飽きることなく家督争いや領地争いなど、道満にしてみれば取るに足らぬ諍《いさか》いから戦を繰り返してきた。他方で身分なき弱者たちは貧しいまま。下層民の実態など悲惨なものだ。とりわけ宝来と呼ばれる祇園社の下級神官は京を清浄に保つという重要な役目を果たしているにもかかわらず、世間から毛嫌いされ、不遇の運命を背負わされていた。

――浅はかな。元を正せば人間は皆同じなんに。ややとして生まれ、成長し、腰が曲がっていずれ死ぬ。その運命からは誰も逃れられへんのに。人間の本質ゆうんは究極、どれだけの時代を経ても永遠に変わらんのやろうな。何に対して怒り、何に対して恐れるのかも……。

御構の敷地を歩きながら、道満はふと己の掌を見つめた。これまで体が木製の人形である人形を魂の器《うつわ》とするようになってからおよそ四百年。

ることを他人に悟られたことは一度たりとてない。悟られぬよう入念に気を遣《つか》ってきたからだ。

道満は時に名を変え、住み処を変えながら、ほとんどの歳月を一人で生きてきた。ある時は法師陰陽師として。またある時は人形師として。他にも研師《とぎし》、行商人、檜物《ひもの》や鎧《よろい》細工を手がける職人など、長寿すぎることを怪しまれぬよう職も転々としてきた。そうして時期が来れば誰かに狙いを定め、魂を抜き取って補充する——そんな生活を長らく続けてきたのであった。

——そろそろまた吸収の頃合いや。さっきの町人にもう少し唾をつけとくか。商いにかこつけて色々あくどい所業もしとるゆう噂やし。

道満の日々は至って安定している。しかしながら、その安定した人生にここ数年、不満を覚えるようにもなった。

——こないチマチマと寿命を継ぎ足すんやなァて、もっと多くの寿命をいっぺんに取りこめたらええんにな……いいや、こればっかりは考えんとこう。そら不死の秘法を行えば万事解決やろうけど、善良な民まで犠牲にするんは、さすがにな……。

人間の肉体より遥かに長持ちする人形だが、やはりいつかは朽ちてしまうために手入れと交換が欠かせないのが現実だ。おまけに人間の肉体と同じく人形の体にも容量というものがあり、限られた量の魂しか取り入れることができない。溜めておける魂はせいぜい四、五人ぶん。かような状態では目指すべき「真の不死」には程遠い。

何より道満の心を煩《わずら》わせていたのは、

――ホンマに俺は〝人間〟なんやろか。

そう己に問うてみても、自信が持てない。

――何を口に入れても味がせん、何に触れても感覚があらへん体でホンマに、人間と言えるんやろか……。

足を止め、先ほど渡された包みを取り出す。中には報酬の渡来銭が入っていた。指先でそっと銭に触れてみる。しかし冷たさも何もない。首をそらし、空気を思いきり吸いこむ。が、やはり何も感じない。

暖かな風のそよぎも、春の匂いすらも、何ひとつ。

「……はは、これじゃ銭なんかもろてもしゃあないわな。美味いモンを美味いと思えるわけでもなし、女子を抱けるわけでもなしに」

と、自嘲するように独り言ちた時、向こう側から歩いてくる集団があった。

土御門家。兄、晴明の子孫たち。どうやら公家に依頼された御霊会を終えたところらしい。戦火を免れるべく公家たちが続々と地方へ逃げていく世情にあって、土御門家もまた近いうちに京を離れ、所領のある若狭《わかさ》へ向かうという噂が立っていた。さしずめ今日はその前のひと仕事だったのだろう。

彼らはひとり佇んでいる道満に気がついたものの、不審げに眉をひそめるだけでふいとそっぽを向いた。一介の法師陰陽師に対しては挨拶《あいさつ》など不要と考えたに違いあるまい。英雄と呼ばれ神格化までされた先祖を持つと、ああも尊大な態度になってしまうのだろうか。それもまた人間らしいといえば、人間らしいのだが。

道満は彼らの見下したような態度に何の感慨も覚えなかった。若造が、といきり立つ年齢をとうに越えているのだから——されど去っていく彼らの後ろ姿には、知らず目を引かれた。

土御門家の装束の後ろには家紋が染め抜かれていた。

それは晴明が好み、常に侍《はべ》らせていた、揚羽蝶の紋だった。

《慶長《けいちょう》八年　晩夏》
ざあざあと降りしきる大雨。
水嵩《みずかさ》の増した鴨川は、遠い昔と同じくやはり、意思を持つ異形に見えた。

――この濁流に身を任せれば、人は死ぬ……。

平安時代のように屍蠟《しろうか》化した骸が流れることはもはやなく、当時に比べればずいぶん整えられた鴨川であるが、雨量が増せばかつて暴れ川と恐れられた流れも蘇る。その黒く、荒々しいうねりを道満はひとり無機質な目で眺めていた。

横殴りの雨が着物をしとどに濡らせども、人形の肌に冷たさは感じない。

もしも、という考えが不意に頭をもたげた。

――もしも俺が、この流れに身を投げたら、どうなるんやろか。

濁流に揉《も》まれるがまま、為す術《すべ》もなく川下へと押し流されて――それでも自分が死ぬことはないだろう。むろん木製の体はひどく傷《いた》むはず。固定した球体の関節が外れ、手足の一本か二本を失うかもしれない。だが元より人形は呼吸を必要としない。溺れることもなく平然と岸に上がる己を想像して、道満は小さく笑った。

――これやったら、まるで――。

「待ちやあんた、何考えとるの！」

途端、体がぐんと後方へ引っ張られた。弾みでよろける。川岸の砂利に勢いよく倒れこむ。

見れば自分を引っ張った女もまた、砂利の上に尻餅《しりもち》をついていた。

「痛《い》ったあ……もう、早まるんやないえ！　命あっての物種やろ？　あんたにどんな事情があるか知らんけどね、こないなとこに飛びこむ勇気があるんなら、その勇気をもっと別の何かに使いよし！」

凄まじい剣幕で怒鳴る女。片や道満はいきなり見ず知らずの乙女に説教されて、しばし呆然としてしまった。

「あの、なんやら勘違いしてはるようどすけど……俺は入水《じゅすい》しようなんて思うてまへんえ」

「はッ？」

「鴨川がどえらいことになっとるモンやさけ、怖いもの見たさで眺めとっただけで」

「そうやったん？　やだわ、あてったらてっきり」

あたふたと立ち上がった女はこちらに手を差し出してきた。

「ホンマ堪忍やえ、早合点《はやがてん》で引っ張ったりして。けどあんたさんかて紛らわしいことしたらあかんやん！　大雨の日に鴨川の見物なんて危なすぎるわ」

歳の頃は二十代の半ばだろうか。

藤《ふじ》の文様をあしらった麻仕立ての帷子《かたびら》。丸顔に大きな目が印象的で、人懐っこさを感じさせる顔立ちだ。どことなく、

――梨花に、似とるな。

まじまじと見つめる道満に対し、女は訝しげな面持ちで首を傾げた。

「何？ 人の顔じっと見て。せやあんたさん、もしかして家は、この近く？」

「え、ええ、まあ」

「ほな悪いけど少しだけ上がらせてくれへん？ 雨で濡れ鼠《ねずみ》になってもうたし、着物もほら」

言いつつ女は自身の尻を指差してみせる。砂利の上で転んだせいだろう、彼女がまとう帷子には小さな穴が開いていた。そこからのぞくのは襦袢《じゅばん》の朱だ。ぱっと目をそらす道満とは裏腹に、女は白い歯を見せた。

「あんたさんの着物にも穴を開けてもうたし繕《つくろ》わな。思いきり引っ張ったお詫びよ。そうそう、あてね、サチいうんやけど」

「……伊太郎《いたろう》います」

これは応仁の乱の頃に御霊会で知りあった、かの土倉の主人の名だ。道満は魂を奪った相手の名を使いまわして己の名としていたのだった。

「そう、伊太郎はん。ほならさっそく案内してくれはる？」

早く早くと笑顔で急き立てるサチ。やや強引な彼女にたじろぎつつも、道満は己の内側に、名状しがたき感情が湧くのを覚えていた――本当はこの時すでに、悟っていたのかもしれない。

彼女が己の人生に、重大な転機をもたらす存在であると――。

お喋り好きなサチの話によれば、彼女は旅芸人の一座に属する踊り子だそうだ。出雲大社《いずもたいしゃ》への勧進を目的として諸国を巡遊する旅のさなか、一座は今ちょうどサチの故郷でもある京に逗留《とうりゅう》しているとかで、宮中や北野天満宮にて踊りを披露し大盛況を博しているのだという。

「〝お國《くに》の一座〟って聞いたことあらへん？」

せっせと縫い物に精を出しながら、サチは問わず語りに続けた。

「座長のお國さんは女だてらに強くて優しいお人でなあ。出雲から始まった旅の途中であてのような孤児《みなしご》もようさん拾わはって、今じゃ結構な人数なんよ？　今日みたァにお天道《てんと》さま次第で興行の予定が狂ったり足止めを食ったりすることもあるけど、皆で日ノ本の色んなところをまわるんも楽しいし、踊るんはもっともっと楽しいんやえ。心の底から〝生きとる！〟って感じがして」

「生きとるって感じ？」

サチの語るに任せていた道満は、思わず聞き返した。

「うん、言葉にするんは難しいけどね。音曲《おんぎょく》にあわせて夢中で踊るうちに、心と体が空気や自然と一つになる瞬間があるんよ。ああ、あてはこの浮世に生かされとる。今この時を確かに生きとるんやな、って……ごめん、おもんないよね、こないな話」

うっとりと天井を仰いだのも束の間、こちらを見やったサチは慌てて口を噤んでしまった。むべなるかな、対する道満の顔は、打って変わって険を帯びていた。

さりとてサチの話を聞くに堪えないと思ったわけではない。むしろ「自分事」として聞き入っていたがゆえ、知らぬ間に表情が硬くなっていた。

——生きとる実感……か。

ふと思う。

見た目は三十そこそこの自分が、実は平安の時代から生き永らえていると知った時、体が木でできた人形であると知った時、この天真爛漫《てんしんらんまん》な女は果たしてどんな反応をするだろうと。

徳川家康《とくがわいえやす》が征夷大将軍となり江戸に新たな幕府を開いたのが今年の如月《きさらぎ》。応仁の乱が一端となって続いた戦乱が、道満をほとほとうんざりさせていた戦国の世がついに終わったのである。

道満は六百八十三歳になっていた。今は表具師《ひょうぐし》として生計《たつき》を立て、それなりの近所付きあいや仕事の付きあいも欠かさずに過ごしている。が、言うまでもなく誰かに正体を明かしたことは未だなかった。宴席に参加する際は口に入れたものを人形の中に溜めておき、人目につかぬ場所で処分する。怪しまれぬよう適度に厠《かわや》へ行き、必要ならば幻術で汗をかいてみせることも忘れない。

かような労力を払うくらいならいっそ山にでも籠《こ》もってしまおうかと考えたこともあった。延命に必要な魂は獣の魂でも事足りるだろう。そう思いつつも人間の俗世に留まり続けた――なぜかは、自分でよくわかっている。

人間である実感。

いい、いい、いい、人間として生きているという、確信が欲しかったのだ。

「ねえ、伊太郎さん。一つ聞いてもええ？」

縫い物の手を止め、サチがこちらに向き直った。

「さっき、どうして鴨川を見とったん？　ホンマにただの怖いもの見たさ？」

「…………」

寸の間の無言を挟み、道満はにこりと目尻を緩めた。

「はい。他に何があるゆうんです？」

「せやったら別にええんよ。ただ、あんたさんの背中がいやに寂しそうに見えてな。

魔が差して――ってこともあるんかなって。変なこと聞いちゃったわね、忘れてちょうだい」

場の空気を変えようとしてか、それからもサチは喋々《ちょうちょう》と自身の思い出を語った。旅で目にした様々な光景。出会った人々。踊りの話。一座の仲間たちについて。旅芸人というのも世間から白眼視される存在だ。サチらも然り、旅先で幾度となく心ない対応を受けたらしい。そうした種々の話を時に熱く、時に侘《わび》しげに、くるくると表情を変えながら語るサチは、道満に数百年もの間忘れていた大切なものを思い出させてくれるようだった。

「……ええですね、旅ゆうんは。毎日が刺激にあふれとるんでしょうね」

するとそこで突然、

「そうや！」

と、サチが声を弾ませた。

「あんな伊太郎さん、うちの一座な、天気がようなったら四条河原で興行するんよ。よかったらあんたさんも見に来てぇや」

「踊りを、どすか？」

「うん、あても舞台に立つさかい踊るとこを見てほしいんよ。人もようさん集まるしきっと楽しめるえ。こうして出会ったんも何かの縁やと思って、な？」

道満は微笑みを浮かべ、頷いた。取り立てて断る理由もないだろう。何より、彼女の踊る姿に興味があった。生きる喜びを感じながら踊るサチ——その姿を見てみたいと、素直に思った。

かくして迎えた興行当日。

夜の四条河原には黒山の人だかりができていた。

押し合いへし合いしつつ舞台へと目を凝《こ》らす見物人たち。わくわくと期待に満ちた彼らの面差しを見るに、一座の人気ぶりが窺えるというものだ。人混みに紛れながら道満は少なからず感心した。

——まるで夏祭りや。踊りゆうんは、そない見る値《あたい》があるモンなんか……？

不思議に思いつつ辺りを見まわしていると、しばらくしてお囃子《はやし》の音が鳴りだした。それを合図に屋根つきの舞台へと上がる踊り手たち。驚いたことに女は男装、男は女装の出で立ちである。その中には男装をしたサチの姿も見えた。

最後に座長のお國らしき女が登場した瞬間、四条河原にわっと歓声が上がった。

笛や鼓《つづみ》の音に乗り、一座は踊りを始めた。

女は傾奇者《かぶきもの》よろしく派手な衣裳を翻《ひるがえ》す。男は婀娜《あだ》な所作で観衆に流し目を送る。

どうやら男女の色恋模様を表現した演目のようだ。奏でられる音曲にあわせて、踊り手たちはどこか艶《なま》めかしく、剝《む》き出しの情念を表すがごとく踊る。惹きつける踊り手。釘付けとなる観衆。

熱気は徐々に舞台から辺り一帯へと広がっていった。

一人、また一人と踊り手たちが舞台から降りるや、観衆を巻きこむようにして踊り続ける。そのうち熱気に当てられた観衆もともに踊りだした。他人の目も恥じらいも些末なことだと言わんばかりに、あらわになっていく肌と肌を触れあわせて、人々は踊る。

音曲がますます激しくなった。

踊る。踊る。すべてをさらけ出して、熱く踊る――。

――これは、一体……。

道満は息を呑んだ。今や四条河原にいる者全員が、我を忘れたように踊りの世界へと没入していた。

「伊太郎さん、ほら！」

こちらの姿を見つけたサチが観衆を掻き分けながらやってくる。ひとり棒立ちとなっている道満の手を取り、火照《ほて》った顔をほころばせる。

「踊ろう、一緒に」

手本を見せるようにしてサチは再び踊りだした。道満の手を握りしめながら、あふれる感情の赴《おもむ》くままに。

揺れる大地。むせ返るような人いきれ。サチの踊りに促され、一帯の高揚感に浮かされて、気づけば道満の体も動いていた。

音に乗り、ただ衝動や情動に身を任せる。

なぜ踊るのか。理由や目的を問わなくともよい。心は無に、思考を手放して踊る。ひたすら魂が思うさま踊る。踊る。さらに踊る。

ここには男も女もなかった。身分もなければ年齢もない。あるのはただ、人間という命の輝きのみ。熱く迸る魂のみ――。

サチが道満の瞳を見つめ、嬉しそうに破顔する。道満も彼女の手を握りしめて笑い返す。人形の肌ではサチの手の温もりを感じられない。けれども道満には、今この瞬間、確かに感じられるものがあった。

それはサチという女の生命。

そして彼女と同じ時を共有する、己という存在そのものであった。

夜の四条河原を、道満とサチは戯《たわむ》れるように踊り続けた。

「――ああ最高！　ホンマ来てくれておおきにな、伊太郎さん」

上機嫌で畳に寝そべったサチが、ぽんぽん、と自身の傍らを叩いてみせる。道満も彼女の隣に体を横たえた。見慣れたはずの味気ない天井が、いつもとどこか違って見えた。

――楽しかったなあ……。妙な感じや、まだ体が熱い気がする。

こんな気分になれたのはどれくらいぶりだろう。これほど満たされた気分になれたのは。疲れを感じないはずの人形の体でも、サチと並んで寝そべっていると心地よい充足感が隅々にまで染み渡っていくようだ。道満は瞑目して踊りの余韻に浸った。

「こちらこそおおきに。おまはんの言うたとおり、踊りゆうんはええモンやなあ」

「せやろせやろ？　あともう少し京で興行する予定やさけ、時間があったらまた見に来てな。その後は」

言いかけて、しかし、サチの面持ちに憂鬱《ゆううつ》な影が差した。

「……なあ、伊太郎さん。よかったら、あてらと一緒に旅せえへん？」

「え？」

思いもよらぬ提案だった。

「京を出たら少なくとも数年は戻ってこられへん。あてな、今まで色んな別れを経験してきたけど、こないな気持ちになるんは初めてなんや。出会ってもいずれは別れなあかん、それが旅芸人の定めやって、わかっとるけど」

サチと一緒に旅をする。

彼女の提案は道満を大いに戸惑わせた。なぜなら道満は長い時を生きる中で、他者と深く関わることを避けてきたからだ。

不死になると決めた最初の頃は、それなりに友もいた。ゆえあって男女の仲になれぬと承知しながら寄り添ってくれた女もいた。しかし皆、数十年かそこらであっけなく死んだ。

「死」には決して近寄りたくない。それが大切な者ならなおさらだ。情が移ればその者の死に大きく心を揺さぶられてしまう。長く生き続けた道満は、もはや死を見届ける立場となることに、辟易《へきえき》していたのだった。

沈黙からためらいを感じ取ったのだろう、サチはおもむろに半身を起こすと、

「一緒に来てくれたら、もう寂しい思いなんかさせへんえ。絶対に」

「サチ……」

「言わんでもええよ、わかっとるから。あんたさんをもう独りぼっちにはせえへん。

あてがずっとそばにおる。伊太郎さんかてあての気持ち、もう気づいてはるやろ？」

言うとサチは道満の胸に頭を置き、優しく手を添えた。

――もしかしてサチなら、俺の正体を受け入れてくれるかもしれへん。

長命であるがゆえの嘆息や葛藤を、彼女なら親身になって理解してくれるかもしれない。この体が木でできていることも。だとしたらどれほど素晴らしいだろう。

ともに笑い、ともに踊り、これからもずっと、ずっと――。

が、現実はそれほど甘くなかった。

突如としてサチは体を起こす。道満の胸から手を引っこめる。見る見るうちに顔色を失っていったかと思うと、

「伊太郎さ……何で、心の臓が……」

はっと道満は目を見開いた。

鼓動がないことに気づかれたのだ。いつもなら胸に触れられても鼓動があると錯覚させられるよう幻術をかけておくのに、唐突な提案に動揺し、思いを巡らす中で失念してしまっていた。

「どういうことなん、何で心の臓が動いてへんの？　何で息もしとらへんのっ？　あんたさん、まさか、人とちゃうの？　あんたさんは一体」

「聞いてくれサチ、これには訳が――」

ところが手を伸ばした道満に対し、

「嫌！　来ないで！」

サチはぎょっとした顔で身を引いた。

彼女の眼《まなこ》に映るこれは、何度となく見た覚えがある。

魔や祟りを恐れる人々の目。拒絶の目。

「化け物」を見る目だ。

――ああ。やっぱりそうやんな。

もはやこれまで。短い夢だった。幸福な想像は、もう終わりだ。

立ち上がると同時に呪を諳んじる。にわかに邪気が漂い始める。

「お、お願いやめて、何、を……」

サチの言葉はそこで途切れた。邪気に冒され虚ろになっていく目。現れた管がサチの口と道満の胸を繋ぐ。そうして道満は、彼女の魂を吸い取った。

つい先ほどまで明るい声が響いていたというのに、今はどうだろう。

物言わぬ肉塊と化した、サチの骸。冷えて腐っていくしかない、ただの屍――それを無表情に見下ろしながら、道満は理解した。

彼女との未来など最初から存在しなかった。ともに踊ったひと時は、長い長い時の流れにふとよぎった、単なる「戯れ」に過ぎなかったのだと。

——全部、無駄。

無言で踵を返す。台所にあった包丁をつかみ、己の胸に当てる。ぐぐ、と力をこめれば包丁の切っ先が人形の体に入りこんできた。このまま胸を貫けば核となる魂も貫かれて自分は死ぬだろう。だが痛みはない。血が出てくることもない。楽なものだ。人形の体では、涙が出てくることさえもないのだから——。

「ああ……」

カラン、と包丁が落ちて空しい音を立てた。

「何で、俺は、俺は……」

こんなにも哀しみが押し寄せているというのに、どうして涙の一滴も出てこないのだ。こんな体が人間であるはずがない。かといって人形にもなりきれない。この状態が生きているのか死んでいるのかすらも、もうわからない。

——俺は一体、何者なんや——。

声の限りに慟哭すれども、玻璃《はり》の瞳は乾いたまま。

サチは、道満が初めて殺めた「悪人でない者」だった。不便を感じながらも時間をかけて悪人のみを選んできたのは、他者の魂を奪うという行為に後ろめたさを覚えたから。だからこそ悪人を消すことでささやかでも世に貢献できればと思っていた。それなのに――。

と、そこへ、ひらりひらりと舞い飛んでくるものがある。

一頭の揚羽蝶だった。

――俺らの陰陽道で世のため、人のためになることをしよう。悩める民草の心の拠り所となろう。

道満はぎらりと視線をくれるや蝶をひっつかみ、両手で翅《はね》をむしり取った。

「忌々《いまいま》しい！　死人のくせにいつまで俺につきまとう気や、いつまでそうやって兄貴ヅラをする気や！　さては人形の体になった俺を嘲笑《あざわら》いに来よったか？　意地汚い人生やとでも言いたいんかっ？」

翅を奪われた揚羽蝶は力なく床に落ちた。

善悪など、もはやどうでもいい。

サチを亡き者としてしまった今、道満の中にあった軛《くびき》は失せた。

――そもそも善悪なんて、誰が決めるんや？「生」というのは得てして他の「死」の上に成り立っているものではないか。人は誰でも草花を摘み取り、鳥や獣を狩り、魚を殺して食らう。ならば自分が他者の魂を得て生き永らえるのも同じではないか。

かの金烏玉兎集に記された秘儀さえ実行すれば、完璧な不死を手に入れられる。霊妙なる四神の力を使えば人間の肉体を再び得ることも叶う。これまでは秘儀の「代償」に良心が咎めて考えることすらやめていたが、長年の葛藤も嘘のように消えた。

さりとて一つ問題も。

――不死を達成する時は、俺が、本当の意味で独りになる時。

秘儀を行えばこの地には己以外の命が一つ残らずなくなってしまうだろう。誰もいない京を想像するや、心に空虚なものが広がった。

だがその時、

――そうや……。

脳裏を掠《かす》めたのは、記憶の断片であった。

貧しさに喘ぎ、悪道に走らざるを得なかった文野閑馬。権勢欲に取り憑かれて戦を繰り返すあさましい権力者。富の分配など露ほども考えぬ富豪たち。そして、差別される哀しさを語っていたサチ――。

まるで殺めてきた者たちが助言を与えてくれたようだった。彼らは魂のみの存在となり、己の中で生き続けている。そんな気がした。

――人間は何度でも戦や差別を繰り返す。なら俺が、この世を作り直せばええやないか。俺は不死となって永久に安寧の世を保ち続ける……まさに〝桃源郷〟のような世の中を、俺なら作れるんや。

「死」というものがあるから「生」が無駄に終わる。けれども不死となり、加えて生き続ける目的があれば、己の命は無駄にならない。

桃源郷が己の天命。それこそが、己の生きる意味。

長らく煩悶し、遠回りをしてきたのも、この時のためだったに違いない。

そう思うと胸にあった空虚さが、少し和らいだ。

《寛政《かんせい》二年　仲冬》
「では明日が、その日であると？」
「その者の力でホンマに一切経《いっさいきょう》を壊せるんどすか？」

出水通《でみずどおり》沿いに建つ一軒家にて、驚き目を瞠《みは》る夢幻衆に道満は「そうや」と首肯する。今、世間に名乗っているのは何度か使ってきた文野閑馬の名だ。

不死の秘法を実践すべく本腰を上げた道満はある時、四神を守る「一切経」の効力が薄らいでいることを察知した。前々からわかってはいたが、やはり経典の効力は保《も》って千年であったらしい。要するに四神相応の結界は不可侵のものでなくなりつつあるということ。どんな術を用いても触れることさえできなかった一切経の掘り起こしに成功した時、ようやく不死が現実味を帯びてきたのだと、胸が熱くなったものだ。が、一切経にはなおも強力な結界がかけられており、自力で破壊することはできなかった。こうなるといくら道満でも一人きりで事を為すのは難しい。

そこで目をつけたのが「百瀬」の血。百瀬家は土御門家の分家であり、豊臣秀吉《とよとみひでよし》の陰陽師狩りによって世間から迫害された家系だった。土御門に連なる百瀬も、晴明の力を継いでいる。道満にとっては――兄の子孫を配下に置くという因果に複雑な感情を抱きつつも――不死を成し遂げるにあたり、百瀬の人間がこれ以上ないほど頼もしい存在に思えた。

かくて百瀬の生き残りである幼い三兄妹、菊丸、蟠雪、蓮音を見つけ出し、自己流の陰陽道を仕込んで結成させたのが夢幻衆だ。図らずも三兄妹は生まれながらにして差別を受ける運命にあったため、桃源郷の志を語ると目を潤ませながら賛同していた。今ある世をまっさらにした上で新たな世を作り出す。己の思想は間違っていなかったのだと、彼らの顔を見た道満はいっそうの確信を得た。

成長した夢幻衆は思惑どおり強力かつ従順な陰陽師集団となってくれた。彼らが不測の死に面した際、魂を受け取る契約も交わした。さらには裏四神を操る一翼として宝来の民である麗を引き入れることもできた。夢幻衆に告げた命令は二つ。一切経を破壊し尽くすこと。桃源郷の第一世代を産む「母神」を用意すること。とはいえこれらは決して容易でなく、特に一切経の破壊は困難を極めた。

やはり裏四神の邪気で時間をかけて壊していくしかないのだろうか。

そう諦めかけていたのだが、天は自分の味方をしてくれたらしい。

「南の空に大客星《だいかくせい》が出現した。五年前、江戸で何かしら怪異が起こっとったゆう話は前にもしたやろう？　それを収めた者が明日、京にやってくる。間違いあらへん」

昔から習慣づいていた星読みを行った道満は、ついに現状打破の希望を見出したのである。星回りによるとくだんの者には底知れぬ神通力に似た力があるようだ。これを使わぬ手はあるまい。その者を引き入れて、一切経を残さず破壊してもらうのだ。

これに対して異を唱えたのは菊丸と蟠雪だった。

「そいつが何者かわからへん限り、仲間にするんは危ないんとちゃいますか」

「不死や桃源郷に賛同するかもわからしまへんやろ？」

「……ああ、性分によっては反感を覚えるかもしれへんな。せやけどそれならそれで、こっちの計画を伏せたまま一切経を壊すよう仕向ければええ」

その際の算段も抜かりなく立ててみせよう。夢幻衆は自分を信じ、行動してくれればそれでいい。そう告げると二人は渋々といった様子ながらも首を縦に振った。

「あの、道満さま」

と、次いで疑問を呈したのは蓮音だ。

「その者の素性はホンマに読まれへんのですか？　江戸から来るという以外にも、例えば男か女か、くらいは」

言いつつ蓮音の視線は隣に座す麗へと注がれている。きつい眼差しを浴びた童女は居心地が悪そうに俯いた。

蓮音が何を懸念しているのか、表情を見れば聞くまでもない。道満は知っていた。美しく成長した彼女がいつの頃からか、自分に「愛情」を抱くようになったと。自ら島原に身売りしてまで母神――つまりは自分の妻にならんとしているくらいだから、蓮音にとって他の母神候補は嫉妬の対象でしかない。現在、嫉妬の矛先は幼い麗に向けられていた。半人半鬼の麗は確かに陰陽が調和した母神たりえる存在だが、あくまで候補というだけで、実のところ童女を娶《めと》るなどという考えは道満になかった。しかしそれでも蓮音の懸念は晴れない。そこへ加えてもし何らかの力を備えた「女」が現れるとしたら、彼女の心中も穏やかではないだろう。

「……残念やが素性はまったくわからへん。男か女か、それすらも。ただな蓮音。仮に女やったとしても、今、母神の第一候補になっとるんはお前さんや。そのことは忘れんとき」

優しく告げると蓮音は些か安堵した面持ちになった。

――ちっとばかし捻《ひね》とるけど、この子はこの子でまっすぐや。ただひたむきに、俺のことだけを想ってくれとるんやさかい。

が、たとえ蓮音を母神に据える結果となったところで、心から彼女を愛することはこの先もないだろう。

道満にとっては年々重みを増していく蓮音の愛が、次第に厄介なものになりつつあった。

――生きていくんに必須なわけでもなし、愛情なんてただただ面倒なだけやないか。あれだけやめえ言うても麗への折檻《せっかん》をやめとらんようやし、どこかで灸《きゅう》を据えた方がええか……。

ともあれ自分を慕う者ほど御しやすいものはない。蓮音には悪いが、このまま変わらず、報われぬ愛を求め続けてもらうとしよう。

「今後どうなるかはっきりとは言えへんが、できることならくだんの者をこの家に住まわせようと思う。あくまでその者が望めば、やけどな。せやさけお前さんらもしばらくはここに来るのを控えてほしい。どないな人間か気になるんやったら折を見て確認したらええ」

「正体を隠して、どすな」

「そうや。俺も可能な限りその者とお前さんらを引きあわせられるよう考える。今後の計画については追って知らせるさかいな」

「承知いたしました。ちなみに道満さま、星読みによるとそいつは、京のどこに現れるのです？」

菊丸の問いに、道満は立ち上がりつつ短く答えた。

「洛南。伏見宿や」

明くる日、道満は大八車を引いて伏見宿へと向かった。

折悪しくもこの日は大雪。ひとまずは一介の人形師を装うべく伏見人形を大八車に載せてきたのだが、積もり始めた雪の中ではどうにも前に進みづらい。

——しもたな、もうちょい天候を確かめとけばよかったか。

星が教えてくれた者とは一体、いかなる人物だろう。どんな見た目をしてどんな力を有しているのだろう。何にせよその者に会えたならばきっと、不死の夢に大きく前進できる。期待を胸に道満は歩き続けた。

と、吹雪の向こうに、何かが倒れている。

目を眇《すが》めて見れば一匹の狸ではないか。しかしただの狸ではない。

「あれは、妖か……？」

荒々しい吹雪に腕をかざしながら、慎重に狸へと近づいてみる。そこで道満は、狸とともに人間がひとり倒れているのに気がついた。

雪に埋もれるようにして倒れた女子。装いを見るに旅人らしいが、ぴくりとも動かぬ様子からしてすでに凍死してしまったのだろうか——彼女の背の上には、一匹の黒蛇がとぐろを巻いていた。

「おいお前」

驚いたことに、黒蛇は人語を解していた。

「こやつを助けてやってはくれぬか。もう何日もろくなものを食うとらんのじゃ」

言うなり黒蛇は女子の背から下りる。片や道満は困惑しつつ女子を抱き起こした。透きとおるような白い肌。均整の取れた輪郭。閉じたまぶたに艶めく睫毛《まつげ》。世にも美しい容貌に道満は、

──もし、ホンマに天女《てんにょ》さまがいはるんなら、こないな見た目やろか……。

と、我知らず女子の姿に見入った。

彼女にはしかし、右腕がなかった。

「こやつの名は瑠璃。江戸より来し旅人よ」

──この女子が、そうなのか。

そう得心した瞬間、つと、頭の中で声が響いた。

──術を使うには使う者の資質が問われるんや。なぜその術を使うんか、何のために、誰のために使うんか。強大な術であればあるほど心の資質が──

──黙りおれ晴明。もっともらしい説教なんぞもう聞きたくもあらへん。双子やから心は一つやとでも？俺は、お前とは違うんや。

失せろ、と念じれば、事あるごとに響いていた声がやっと消えた。

道満は冷えきった女子の頰に触れる。

星読みで予知した中で一つだけ、夢幻衆、特に蓮音には言わないでおいたことがあった。

——何があろうと死なせるわけにいかへん。この女子が不死の夢を叶えてくれるんやから。この女子……瑠璃さんは、俺にとって運命の人になるんやから……。

五

最後の頁を読み終えた瑠璃は、ぱたり、と日誌を閉じる。

駆け足で道満の足跡を辿るうちに夜は更け、日が昇っては落ち、すでに四日もの時が経過していた。泊まりがけで出かけた男衆と麗はまだ戻っていない。畤の階下から聞こえてくるのは寝支度を整える馴染みの妖たちとひまりの声だ。京の妖は入れ代わり立ち代わり畤にたむろしていたのだが、全員を寝泊まりさせることはさすがにできぬため、夜間はここから程近い晴明神社に身を寄せてもらっている。

瑠璃は天井を見上げ、深々と息を漏らした。

——蘆屋道満。あんたという男は……。

ぱちぱちと火鉢の中で炭が弾ける音を聞きながら、八百七十年もの生涯に思いを馳せてみる。

蘆屋道満という一人の男の本質が、ようやくわかった気がした。

優しい一面と冷たい一面。そのどちらかではなく、どちらもが道満という男を形作っていたのだ。彼は生まれながらに冷酷非道だったわけではない。文野閑馬として瑠璃に語ったことすべてが嘘だったわけでもない。目的のため時として自身を偽りながらも、道満は良くも悪くも、常に正直な男であった。

――数えることさえ億劫になるほどの歳を重ねて、他人を遠ざけ続けるうちに、道満は自分自身を孤独の中に追いこんだ。そうするしかなかったのかもしれない。なあ、飛雷……お前が言った意味も、今なら何となくわかるよ。

不死は、必ずしもよいものではない。

――生き続けるってことは、きっと、空しくてたまらないことなんだ。

そう腑に落ちると同時に、今まで感じてきた「違和感」の正体にも思い至った。戦や差別の歴史を嘆いたからこそ道満は桃源郷を志すようになったはず。それなのに桃源郷を作る過程で多くの犠牲を出すことも辞さないのは、なぜなのか――彼の悲願である不死が、他者の命という犠牲ありきのものだから。それも理由の一つだろう。だがもっと根本的な理由がある。

言うなれば桃源郷は、建前上の志だったのだ。

魂を吸い取るにあたってわざわざ悪人を選んでいた過去からも明らかなように、他者を傷つけることは本来、道満の信条に反するのだろう。しかし不死となるには善悪問わず京びと全員の魂を奪わねばならない。道満には、それを正当化できるだけの志が必要だった。大量殺戮の弁明が必要だった。なおかつ不死となる彼を待ち受ける運命が「完全なる孤独」のみということを考えれば、

――道満はその孤独を埋めるためにこそ新しい世を作ろうと思ったんだ。ああ、何てことだ。とどのつまり桃源郷ってのは、道満が独りにならず罪悪感も覚えずに済むための、体《てい》のいい言い訳でしかなかったってことか。

彼の過去に共感できる点が多々あったのも事実。だがやはり、身勝手な動機で目指す不死、桃源郷など、認めるわけにはいかない。

瑠璃は天井から視線を下ろす。気勢も新たに読み終えた日誌の山を探り始める。

「確かこの辺りに。あった、ここだ」

目印をつけておいた箇所をめくると、そこにはこんな記述があった。

「〝不死の秘儀を行うにあたり、月が太陽を覆う時を見定めるべし〟――てことは、つまり――」

皆既日食《かいきにっしょく》。道満が今なお待ちわびている条件とはこれのことに違いなかった。元を正せば金烏玉兎集の「金烏」とは太陽の化身である三本足の霊鳥。「玉兎」とは月の

化身である神兎を指す。瑠璃がかの書から辛うじて読み取った「天満つる玉兎」「金烏を犯」という一節も、つまりは月が太陽を覆い隠す現象を意味していたのである。道満の日誌によれば皆既日食には「逆転の力」が秘められているとかで、生と死の概念を覆すのにこれほど最適な時はないだろうとあった。

求めていた情報はようやく知れた。

しかしながら、肝心の皆既日食は一体いつ起こるのだろうか。天文観測を得意とする道満ならともかく、黒雲の誰も予測する術を持たない。

——参ったな、これじゃせっかくの情報もてんで無駄になっちまう……いや待てよ。ひょっとして安徳さまなら、京の天文方に伝手《つて》があるかもしれない。

天文方に尋ねてみれば皆既日食が起こる詳しい日時も知れるだろうか。

とにかく望みがあるなら行動しようと、瑠璃はさっそく腰を上げる。

だがその途端、

「瑠璃っ！」

悲鳴にも似た声が一階より上がってきた。

妖たちの声である。

「おい大変だ、早く来てくれ！」

いきおい胸騒ぎがした瑠璃は日誌を放り出して一階の居間へと駆け下りる。そうして目に飛びこんできたのは、

「ひまり……！」

おろおろと右往左往する妖たちに囲まれて、妹分が畳に倒れているではないか。大きな腹を抱え、苦しげに息をする彼女のこめかみには大粒の汗。着物の股辺りから滲み出てくる、真っ赤な血——。

否応《いやおう》なしに理解した。

ひまりは産気づいているのだ。

——何で突然、夕餉《ゆうげ》の時はいつもと変わりなかったのに。だいたいお産の予定は、まだ先のはずじゃ……。

が、ただでさえ出産というのは読めぬものだ。その上ひまりは島原で刃物を突きつけられ、高所から落とされ、と心身に只《ただ》ならぬ負荷をかけられた。順調に回復したようでいて反面、本人すら気づかぬうちに出産の時期が早まってしまったに違いない。

「おい瑠璃どうすんだよっ」

「まずいぞ、顔色がどんどん悪くなっていく」

「うわあああん」

「ひまりどのは？　まさか死んでしまうのかっ？」

妖たちが瑠璃の体にしがみついて問う。しかし瑠璃は、彼らの問いにいかんとも答えられない。何せ出産の場に立ち会った経験など一度としてないのだ。

何が必要で最初に何をすべきか。まんざら知識が皆無というわけではないにしろ、実際その現場に遭遇するとどう動いてよいかわからない。妖たちに急かされるまま何とか知識の抽斗《ひきだし》を開こうとする。

「えと、確か、産湯《うぶゆ》がアレで、や、その前に布、じゃなくて豊二郎を——」

直後、ひまりの股から大量の水が流れ出た。

いよいよ赤子が産まれようとしている。

ところが人生で初めて目にする破水というものに、今や瑠璃の思考は完全に停止した。せめてもの知識を絞り出すことすらできず、指の一本さえ動かせない。黒雲頭領として数々の死闘を乗り越えてきた瑠璃は、果たして、差し迫る出産の緊迫感に丸ごと気圧《けお》されてしまったのだった。

棒立ちのまま固まる瑠璃。破水を見て驚嘆し、上へ下への大騒ぎとなる妖たち。

するとここで声を張ったのが、

「ひまりはん、しっかり！　おいらの声が聞こえる？」

誰より怖気《おじけ》づくと思われた妖狐、宗旦は、意外なことにこの場で最も頼れる存在であったらしい。

「う、うう……」

ひまりの反応を確認すると、宗旦は速やかに一同を見まわした。

「油坊はんはお湯を沸かして盥《たらい》に入れて。熱くなりすぎひんよう人肌に冷ましてな。お恋はん、こまはん、ありったけの綺麗な布を集めてきて。瑠璃はんは布団と筵《むしろ》と力綱《ちからづな》の準備！」

呆気に取られる一同をよそに、妖狐の目は髑髏へと向けられた。

「がしゃはん、稲荷山へ行って豊二郎はんを呼んできてくれる？　駆けっこが一番のがしゃはんに任せたいんや。ホンマはおいらが行くはずやねんけど——」

「わ、わかった、すぐに行ってくらあ！」

威勢よく飛び出していくがしゃ。ピシャ、と玄関の引き戸が閉められる音で瑠璃はようやっと正気づいた。

「宗旦、お前さん……」

なぜそうも気丈夫でいられるのか。

問いを投げられた宗旦はもっともらしく頷いた。

「おいらが相国寺《しょうこくじ》におった頃、寺の近所でお産があってね。その様子を一度だけ見たことがあるんや」

「い、一度だけっ？　しかもお前さんが相国寺にいたのって」

「二百年くらい前やね」

――微妙に頼りねえ……！

そうは思えども瑠璃たちに知識や経験が乏しい現状、宗旦の指示に従うしか方法はあるまい。

「それで、支度の後わっちは何をすれば？」

「お産はもう始まっとる。瑠璃はんがややこを取り上げるんや」

「な、冗談言わないでくれよっ。そんなの絶対――」

無理だ。元はと言えば露葉が出産に立ち会う予定で、瑠璃は細々とした手伝いだけをするはずだった。事もあろうに赤子を取り上げるという最重要の役割を担うなど、ついぞ考えてもみなかった。

火急の事態に心は臆し、我知らず視線が泳ぐ。顔から血の気が失せていくのが自分でもわかった。情けないことだと痛いほど自覚していても、出産と鬼退治とでは、あまりにも勝手が違いすぎる。

「そ、そうだ、東寺に行って露葉を連れてこよう。露葉ならひまりも安心してお産に臨める。それかせめて産婆を呼ばなきゃ」

と、駆けださんとした瑠璃の左手を、下から伸びてきたひまりの手がつかんだ。

「姐さん、お願い」

彼女の手は震えていた。

「一緒にいて。どこにも、行かないで……お願い……」

蚊の鳴くような声。激痛と恐怖に襲われながら、それでも耐える妹分の面差し。

ひまりは己の生死を懸けて我が子を産もうとしている。鬼と相対するのと同様――否。場合によってはそれ以上に、赤子を産むということは命懸けなのだから。

――大馬鹿か、わっちは。

瑠璃は己を叱りつけずにはいられなかった。

――わっちの当惑なんて比べものにもなりゃしねえ。今この瞬間、誰より怖いのはひまりだ。誰より心細い思いをしてるのはひまりなんだ。

ためらいは消えた。瑠璃は腹を括《くく》り、動きだした。

油坊が火の玉を出現させる。台所の水屋箪笥《みずやだんす》から鍋や鉄瓶を引っ張り出すと、大急ぎで湯を沸かしていく。

お恋とこまは埒中をあくせくと駆けまわり、布巾《ふきん》や手ぬぐいを掻き集めていく。瑠璃は隻腕ながらも剛力を発揮し、居間の中心に畳んだ布団を積み上げる。筵を敷き、背もたれになるようひまりを布団の山に寄りかからせる。かねてから豊二郎が用意してあった力綱を天井の梁《はり》に引っかけると、宗旦と息をあわせて結びつける。

「ひまりはん、力綱をつかんで。お腹は今どないな感じ？」

目まぐるしく働く妖たちを横目に見つつ、青年に変化した宗旦が問いかける。

「わ、かんな……痛い波が、また来て……」

細切れに答えるや否や、ひまりは力いっぱい目をつむった。

「瑠璃はん、腰をさすって！」

「よし！」

宗旦の指示を受けた瑠璃は、ひまりと布団の間に手を差しこむ。妹分の腰を無心でさする。

「気張れよ、ひまり——」

ひまりが今まさに感じているだろう尋常ならざる痛み——それが掌を伝い、空気を伝い、骨の髄にまで響いてくるかのようだ。

「豊もすぐに帰ってくる。それまでわっちがそばにいるからな、大丈夫だからな！」

宗旦が清潔な布で血を拭う。煮沸《しゃふつ》した湯で手を清めると、赤子の頭が出てこないか確かめる。

「……う、く……ッ」

ひまりは力綱を握る。渾身の力で歯を食い縛る。だらだらと汗が吹き出し、顔は見たこともないほど朱に染まっている。

唐突に、力綱をつかむ手が緩んだ。

「ひまり――おい、ひまり!」

妹分の顔をのぞきこんだ瑠璃はたちまち青ざめた。

あまりの激痛と出血に意識が飛びかけているのだ。完全に気を失ってしまえば赤子もろとも危機に陥りかねない。これに気づいた宗旦は、

「お酢! 急いで!」

「はいっ」

待機していたお恋がすかさず酢の入った湯呑を差し出す。受け取った瑠璃がひまりの口にゆっくりと酢を含ませる。本当なら露葉の気つけ薬が欲しいところだが、宗旦の予測どおり酢も十分に効き目があったらしい。

ひまりの目に段々と生気が戻ってきた。しかしまだ安心はできない。

瑠璃はひまりの顔を伝う汗を拭き、腰をさすって励まし続ける。妖たちは固唾を呑んで事の成り行きを見守る。

そうこうするうちにいつしか一刻《いっとき》半もの時が流れていた。

が、赤子は一向に顔を出さない。ひまりはなお歯を食い縛り、力綱を握り続けている。疲弊しているのは明らかだ。

そのうち宗旦が金色の眉を怪訝そうにひそめた。

「ひまりはん、痛いやろうに何で叫ばんの？　もしかして我慢しとるん？」

そう尋ねた宗旦に、しかしひまりは押し殺した声を歯の隙間から漏らすばかり。

と、彼女の考えを察した瑠璃が代わりに答えた。

「そういやお産の時、女が大声を出すのは恥とされてるんだ。なあひまり、だから必死に耐えてるんだろ？」

「……ッ」

彼女の夫である豊二郎は恥うんぬんなどと言う男ではないが、他方でこの時代、出産は血を伴う「穢《けが》れ」ともみなされた。その上はしたなくも大声で叫ぶなどもってのほか、と世間では考えられていたのである。

「何なんそれ、意味わからへん！　命懸けでややを産むんに恥もへったくれもあるもんかいな！」

気弱な宗旦が発した憤慨の声に、ひまりは苦しみながらも視線を上げた。

そうだそうだと狛犬たちも言い募る。

「我慢なんかしてたら、また気絶しちゃうかもしれないのだ！」

「ほら見てひまりさん、今ここには私たちしかいません。人の目なんて気にしなくていいんですよっ」

「気になるなら俺たちも一緒に大声を出す。だからもう我慢するな」

言うと油坊は思いきり息を吸いこんだ。

「頑張れ、ひまり！」

お恋とこまも懸命に叫ぶ。

頑張れ。

頑張れ――。

するとひまりの口から徐々に、大きな声が出始めた。

「ぐ、ううう、うッ……！」

「よし、見えた！　ややの頭や！　瑠璃はんもこっち来て！」

宗旦に呼ばれ正面へとまわる瑠璃。

見ればひまりは全身を力ませ、血が出るほどに力綱を握りしめ、体に備わるすべての力、すべての意識を今この瞬間へと注ぎこんでいた。

「ひまり、頑張れ！　あともう少しだ！」

あと少し。あと、もう一息で――。

「あ……っ、あああああ！」

声の限りにひまりは叫ぶ。瞬間、瑠璃の左手に、温かいものが触れた。

埘に響く赤子の泣き声。歓喜に沸く妖たち。

瑠璃の左手、宗旦の右手が合わさって小さな体を抱き上げる。総身を震わせるようにして泣く赤子は、女の子であった。

「産まれた――」

安堵とともにつぶやいた瞬間、瑠璃の瞳からほろ――と、涙が一粒こぼれた。

鬼を退治し、数多《あまた》の「死」に触れてきた瑠璃が、生涯で初めて実感した命の誕生。

――何て……何て、まぶしいんだろう。

手の中にいる赤子はまさしく「生」そのものであった。

その儚くも確かな声、重み、温もりは、これまで見聞きしてきたどんなものよりも美しく、瑠璃の胸を打った。

「瑠璃姐さん……」

今なお汗を伝わせながら、ひまりが微笑みを浮かべる。

瑠璃と宗旦は視線を交わし、赤子を母へと差し出した。

「おめでとう、ひまり。おめでとう」

産まれたばかりの赤子を腕に、ひまりは優しい笑顔で「ありがとう」と返す。彼女がたたえる菩薩のごとき微笑を見ながら、瑠璃は自ずと、蘆屋道満の生き様を心に思っていた。

——道満。この美しさを、あんたにも見せてやりたいよ。

己が命を賭して新しい命を生んだひまり。一方、いつまでも死を厭《いと》うばかりか他者の生まで奪ってしまおうとする道満。

彼が唱える「桃源郷」の理想は、動機をさておくなら賞賛されるべきものかもしれない。人はひたすらに権力や優位性を追い求め、飽くことなく争いを繰り返してきた。その歴史に区切りをつけ、新たに世を作り直すという理想は、至極真っ当であるとも考えられる。

さりとて安寧の世は、「終わらせる」ことでしか築けないのか。

——そうじゃない。

日ノ本にはほの暗い歴史が数多くある。血で血を洗うような戦の歴史に、連綿と続いてきた差別の歴史――だが、それらを「なかったこと」にするのは違う。陰惨な歴史から目を背けるだけで、どうして真の安寧と言えるだろう。

――暗い過去を受け止めるから、人は、明るい未来を追い求める。過去を省《かえり》みるからこそ懸命に努力して、苦難を乗り越えることができるんだ。

たとえ牛歩のごとき鈍《のろ》さであろうとも、一歩一歩、昨日より良い今日、今日より良い明日を目指して人は歩み続ける。衝突と和解を繰り返すことで他と支えあう大切さを知る。赤子が様々な失敗から学び成長していくように、失敗と成功を繰り返しながら、世の中は進化していく。人の営みとは、きっと、そうあるべきなのだろう。

対照的に桃源郷はこれまで死んでいった者たちの人生、歴史、努力をまったく無視してしまう。今を生きる者たちの「これから」を根こそぎ奪ってしまうものだ。

――なあ道満、あんたにはわからないのか？　今を生きる人だって、わっちの目の前にいるややだって、未来を築く力を持ってるんだ。安寧の世を作る可能性を持ってるんだ……その可能性すらも、あんたは無視してしまうのか……？

後に東寺から呼び戻した露葉に診てもらった結果、ひまりと赤子はともに安泰とのことで、瑠璃はようやく肩の荷を下ろすことができた。露葉いわく宝来の民たちは源命丹により無事に回復を遂げ、ちょうど先刻、京を発ったという。がしゃに連れられて男衆ともども時に戻ってきた麗は、山姥の言葉に胸を撫で下ろしていた。

一方、ひまりと赤子の無事を見た豊二郎は——おおかた髑髏から話を聞いて気が気でなかったのだろう——産着にくるまれた娘を抱いて、男泣きをしていた。錠吉と権三は安堵のため息を深々と吐き出し、栄二郎は姪《めい》っ子の頬を指先で撫でながら兄と一緒に嬉し涙を流した。

このまま祝福の空気に浸りたい心境は誰もが同じだった。が、今はそうも言っていられまい。

次いで時に現れたのは何と江戸にいるはずの五体の吉原《よしわら》狐たちだった。聞けば狐軍結成の報を受けて京に再度やってきたところ、陀天から黒雲の時へ向かうよう命を受けたそうだ。稲荷大神は道満との決戦がいつ起こるとも知れぬ現況を考慮し、ひまりと面識のある吉原狐たちに彼女と赤子を護衛させるよう取り計らったのである。

かつて平将門《たいらのまさかど》との戦いで黒雲に味方してくれた吉原狐たちが一緒なら何も心配はいらないだろう。久方ぶりに再会した吉原狐たちによって、ひまりと赤子は避難先である稲荷山へと運ばれていった。

急な出産騒ぎから一夜明け、こうして塒は、平素の落ち着きを取り戻した。

「……錠さん、権さん、豊、栄。ちょいと外に来てくれないか」

人心地つく男衆に向かい、瑠璃は静かにそう告げた。

玄関先へ出てみれば、朝ぼらけの空は曇天。いつの間にやら白いものがちらつき始めていた。瑠璃にとっては京で過ごす二度目の冬。そしてこの地で二度目に見る、雪景色であった。

――こりゃそのうち吹雪《ふぶ》いてくるかもしれないね。道満と出会ったあの日のような、吹雪が……。

「どうしたのです瑠璃さん。中で話せないようなことでも？」

男衆は錠吉をはじめ、みな白い息を漏らしていた。

寒々しい外へ出てきてもらうのは申し訳なく思ったが、何ぶん妖たちや麗にはあまり聞かせたくない事柄だ。

瑠璃は曇天から視線を下ろし、同志たちへと目をやった。

「実は刀の打ち直しをした時、陀天さまから警告を受けたんだ。この先も風の力を使い続ければ、わっちは死ぬ、と」

案の定、男衆は一様に色を失った。

「死ぬって、何で」

「正確に言えば寿命が大幅に削られちまうみたいでな。ほら、陀天さまは寿命を見抜く力を持ってらっしゃるだろう？　それでわかったそうなんだが、元々あと五十年はあったはずの寿命が裏朱雀との戦いで三十年にまで減っちまってるらしい。要するにその三十年が、わっちに残された時間ってことだ」

しん、と異様な静けさが漂った。男衆の胸中は聞くに及ばず。あの風がそれほどの危険を孕んでいたとは、彼らとて思いもしなかっただろう。瑠璃も同志たちに話すべきかどうかをほんの少し前まで迷い続けていた。が、相談もせず己の内側に秘したままでは不誠実なこと極まりない。そう考え直し、ある覚悟をもって、打ち明けると決めたのである。

「あの一戦だけで、二十年ぶんの寿命が？　だったら道満との戦いでは風の力も使えないということですね。何か新しい攻撃の手を考えないと——」

「いいや権さん。その必要はないよ」

「どうしてだよ？　飛雷もいない上に蒼流の風も使えないんじゃや、他の方法を考えねえことにゃ道満とやりあえねえだろ？」

「ん……まあ、な」

歯切れが悪い返事に豊二郎は片眉を上げた。

いきおい顔をしかめる男衆の中で、ただひとり栄二郎だけは、いち早く答えを察したらしかった。

「まさか、瑠璃さん……」

間を置いて、瑠璃は小さく頷いた。

「ああ。予定どおり蒼流の風を使う。出し惜しみはしない。それで寿命が何年ぶん削られようともな」

瞬間、男衆それぞれの面差しにかつてない衝撃が走るのがわかった。

彼らは堰《せき》を切ったかのごとく口々に瑠璃を諭した。一体、何を考えているのか。道満の力を目の当たりにして焦っているのか、それとも飛雷を失ったことで捨て鉢になっているのか――ことに栄二郎の声からは深刻な響きが感じられた。

「俺は断固として反対だ。だって将門公との戦いの時、瑠璃さん、俺たちに言ってくれたじゃないか！　全員、決して死ぬなって。それは今だって同じなはず。全員の中には瑠璃さん自身も含まれるはずだ。黒雲の一員としてこんなことを考えちゃいけないのはわかってるよ、でも……京びと全員の命か瑠璃さんの命か選ばなきゃいけないなら、俺は迷わず瑠璃さんを選ぶ」

常ならぬ栄二郎の切り口上に、瑠璃は目を伏せた。

「今一度、落ち着いて考えて。瑠璃さんの中に〝守る〟って矜持《きょうじ》があるのはよく知ってるよ。だけど瑠璃さんにだって、瑠璃さんにしか生きられない人生がある。守られるべき人生があるんだ。それなのに残り三十年の寿命を懸けてまで戦うなんて、そんなの承知できない！　ねえ、命を削ってまで戦う必要が本当にあるの？　瑠璃さんが京のために犠牲になる必要が、本当にあるって言うの？」

叫ぶような声、絞り出すような訴えは、聞くのが辛いほどだった。

思えば京における一連の戦いで、何度も二択に悩まされてきた。死して罪を償うか、それとも生きて償うか。妖鬼の内に囚われた友を斬るか否か。桃源郷の理想を取るか、京に今ある命を取るか。その極めつけが今だ。己の「生」可愛さに全力で戦うことを避けるのか、それとも、「死」を覚悟してでも道満を討つのか――言わば究極の選択を迫られている。

今ならまだ引き返すことができるかもしれない。場合によっては道満との決戦で寿命が残らず尽きてしまわぬとも限らないのだ。残り三十年の命を全うしたいという本能に耳を傾けるならば、ここが最後の分かれ目だ。

されど瑠璃は、同志たちの憂慮に感謝しつつも首を横に振った。

「どうして……」

男衆の顔に焦燥《しょうそう》にも似た色が差した。何と言えば瑠璃を説得できるか考えあぐねているのだろう。だが、瑠璃は他の誰かが思うよりずっと己を俯瞰《ふかん》できていた。正義や自己犠牲の発想に酔っているのではない。

道満は京を制圧した後いずれ日ノ本全体を狙うだろう。京を見捨てて逃げたところで同じこと。何よりひまりのお産に立ち会って、ようやく決心がついていた。

「この京には、今を生きる命、これから生まれてくる命がたくさんある。それを根こそぎ奪っちまうのが道満なら、わっちには奴を止める使命がある。たとえ命を削ることになったとしても、わっちには、その力があるんだから……もちろん若くして死ぬなんて嫌だし、恐ろしいけれどね」

死ぬとは、どういうことだろう。

赤子が産まれた瞬間に吐き出す息は、今際《いまわ》の際《きわ》に吸って終わる。生まれてからずっと無意識のうちに続いていた呼吸が止まり、血の流れが止まり、臓器もやがて活動を止める。そして己という意識は、永遠の闇へと薄れていく。きっとそれが、死ぬということ。あらゆる生き物に定められた最期だ。

――だとしたら、人はなぜ、死を恐れるんだろう。

死の瞬間にもたらされる苦痛を想像するからか。何かをやり残した悔いがあるからか。もしくは遺していく大切な者のその後を案じるからか。生きている間に積み上げてきた財産や栄光、思い出、それら一切が無に帰して、己という存在が浮世からも誰の記憶からも消えてしまうからか。あるいは、死後にどんな世界が待ち受けているか知れないからか。極楽、地獄、はたまた虚無の世界――肉体を去った魂がどこへ行くともわからぬがゆえに、人は死を厭うのだろうか。

死の瞬間、および死後のことは、当然ながら死ぬまで決してわからない。それゆえ人は果てしなく死の想像を膨らませ、漠然と生まれた不安はやがて恐怖を呼び起こす。増大した恐怖は死を認めまいとする強固な檻《おり》となって、人をその内側に閉じこめる。蘆屋道満という男がそうであったように。

かつ、瑠璃自身もそうであったように。

――下手をすりゃわっち自身、〝第二の道満〟になっていたかもしれない。

瑠璃は栄二郎の死に面したことで、不死に得も言われぬ魅力を覚えた。道満は梨花の死に面して不死を望むようになった。

瑠璃は差別を受ける当事者として「瑠璃の浄土」を目指すようになった。道満は戦や差別の実態を見つめ続ける中で「桃源郷」を目指すようになった。

二人の思考は過程や程度の差こそあれ、ある意味では非常によく似通っていたと言える。ともすれば瑠璃は道満にいたく共感し、彼とともに不死を実現せんとしたかもしれない。自ら進んで母神となり、桃源郷の礎《いしずえ》にならんとしたかもしれない。道満もきっとそれを願っていたのだろう。

しかし、そうはならなかった――ならば二人を分けたものは何だったのか。

「……道満に一つ誤算があったとすれば、それは、皆が京に来たことだ」

道満は瑠璃と男衆の絆を甘く見ていたのだ。さしずめ男衆の存在など大した脅威にはなるまいと踏んでいたのだろうが、瑠璃を懐柔するため道満が真っ先に為すべきは、彼ら四人の排除だった。

――京で長助や白を喪って、生き鬼にまでなりかけて。それでも、何が起ころうとわっちが道を踏み外さずにいられたのは、皆がそばにいてくれたから。

あえて他者との心的繋がりを断った道満。一方の瑠璃は彼と同じく何かにつけ一人で事を解決しようとしがちだったものの、同志や友らに支えられ、他者とともに生きることを選択してきた。誰かを頼る大切さを学んできた。だからこそ最終的には不死を望むに至らず、桃源郷に心惹かれながらも、他者を守るべく戦う覚悟を定めた。

──戦いで死ぬとしても、道満を倒して世の中に平穏が訪れるなら……皆の未来が続いていくのなら、それがわっちの、生きてきた意味になるのかな。

道満にも遥か昔、誰かのためになろうとする志があった。よしんば彼が己の殻に閉じこもる選択をしなかったなら、瑠璃とは必ずや良き同志になれていたことだろう。

詮ずるところ、二人を分けたのは「繋がり」の有無であったのだ。

「あのさ、栄二郎。わっちは〝犠牲〟になるなんて思っちゃいないよ。ただ自分の意思で、自分が使命と思い定めたことをやり遂げるだけだ。もし為すべきを放棄して長生きできたとしても、その時……自分が、自分じゃなくなってしまう。そんな気がする。後悔しながら生きたくないんだ」

しばらくの間、男衆は逡巡し口を閉ざしていた。

長く、重苦しいほどの沈黙を挟んで、

「…………わかった」

こう返した栄二郎の面差しには、なお深い葛藤が滲んでいた。

「ただし、風を使わずに済むなら必ずそうしてほしい。俺も俺の為すべきことを為すよ。瑠璃さんは、俺の結界で守るから」

錠吉、権三、豊二郎も頷いて同意を示した。

彼らは来《きた》る決戦でもきっと、命を賭して自分を守ろうとしてくれるのだろう。四人はいつでも自分の身を案じ、時に厳しく叱咤し、時に不平を言いながらもそばに寄り添い続けてくれた。

だから瑠璃は、彼らが好きだった。

——だからわっちは、皆の未来を守りたいんだ。

己が命を賭してでも——揺るがぬ覚悟を胸に、瑠璃は男衆に向かって頷き返した。

天頂に昇った太陽が白々と京を照らす。

時刻はちょうど正午。あれから予想とは裏腹に雪はやみ、障子より差しこんでくる日の光が、塒の二階をほのかに暖めてくれていた。

決戦の時、すなわち《天満つる月、太陽を犯す時》——道満の日誌にあった皆既日食は、果たして何日後に起こるのだろう。道満はすでにその時を予知しているのか。だとしたら、いかにして予知が叶ったのだろうか。

簞笥に仕舞った寒さよけの襟巻《えりまき》を取り出しながら、瑠璃は思案にふけった。

——星読みを生業《なりわい》にする陰陽師なら、月と太陽の動きも正確に先読みできるんだろうか?

とはいえ道満その人から天文観測のいろはを教わったという麗に問うたところ、少なくとも向こう一年は皆既日食が起こる兆しが見られないとのことだった。そうなると道満は、このまま一年以上も膠着《こうちゃく》状態を続ける腹なのだろうか。もっとも麗にしても正確なことは言えないらしかったので、やはり安徳の伝手を辿って天文方に尋ねてみる方がよかろう。雪がやんでいる今なら外出するにもちょうどよい。瑠璃はさっそく錠吉と連れ立って東寺へ向かうことにしたのだった。

目当ての襟巻を取り出して、抽斗を閉めようとする。が、そこでふと視界に引っかかるものがあった。

「………」

ためらいつつも取り出したそれは泥眼《でいがん》の面。いつぞや道満が瑠璃のために打った、鬼退治の際に着ける能面であった。

──もう、遠い昔のことみたいだ。あの頃は〝閑馬先生〟の家に居候して、お恋や飛雷と一緒に何だかんだで楽しく過ごして。それがまさかこんなことになっちまうなんて、あの頃は思ってもみなかったな……。

ちらりと視線を流してみれば、寝間の片隅に置かれた黒刀は黙したままだった。空耳すらも聞こえてはこない。形状が元どおりになったところで黒刀は今やただの刀。中身のない、脱け殻だ。

道満は同じ屋根の下で暮らしたあの頃から、飛雷を亡き者にせんと狙っていたのだろうか。お恋を可愛がる素振りを見せながら、腹の内では妖の魂すら奪ってしまおうと企んでいたのだろうか。

閑馬こそが道満であると発覚した当初、瑠璃は彼から贈られた面を砕こうとした。欺《あざむ》かれていた怒り、やるせなさの赴くままに――けれども結局できず、今に至る。

――その泥眼の面が、どんな意味を持っとるか、瑠璃さんは知ったはりますか。

薄い微笑みの内に哀切を含んだような泥眼の面は、「鬼」そして「悟りを得た者」を同時に表している。

道満は言った。それゆえ泥眼は鬼退治にふさわしいのだと。鬼と同じ想いに立ち、鬼の魂が安らかに成仏できるよう祈るためにこそ、泥眼の面はあるのだと。

――鬼は恐ろしい存在や。恐ろしくて、哀しい。

——思うに、鬼は自分の苦しみや切なさを、誰かに理解してほしいんやないでしょうか。それで何かが解決するわけやなくても、自分の中に渦巻いてどうしようもない想いに、共感してほしいんやないでしょうか。

日誌の記述を思い返すに、「閑馬」が蓮台野で出くわしたと語っていた鬼女は梨花を指していたのだろう。彼は鬼へと変貌した梨花に恐れをなし、ひとり寂しく朽ち果てていく顚末《てんまつ》を予見しながらも、彼女を見捨てて逃げた。しかしながらくだんの出来事は、数百年を経ても彼の心に尾を引き続けていたらしい。

——瑠璃さんが鬼を救済できるて知った時、俺は心の底から嬉しかった。まさか鬼の魂を成仏できる人がおるなんて、思ってもみんかったから……。

あの述懐は口から出任せで言ったことではないはずだ。瑠璃にはそう思えてならなかった。

なぜなら陰陽道では鬼を救済しきれないという嘆きや、悔しさが、道満の日誌の随所に垣間見えたからである。どうも安倍晴明と仲睦まじかった頃から陰陽道の限界に忸怩《じくじ》たる思いを抱いていたらしく、他者の魂を吸って生きるようになってからも、鬼の魂を成仏へ導く方法がないかと道満なりに研究をしていたのが窺えた。

ただしこの研究に関する記述は、踊り子のサチを殺害した頃からぱったりと途絶えていたのだが。

——きっとサチを殺めたことで、道満の心は完全に壊れちまったんだろうな。善人や悪人、自分の良心、鬼のことすらどうでもよくなるくらいに。

道満を壊してしまったのは「死への恐怖」そして「孤独」。彼の人生を独《ひと》り善《よ》がりと笑うのは簡単だが、一方、自分もそうならないと断言できるだろうか。

——微塵たりとも死や孤独におびえない人間なんて、きっといない。この世に生きる人間なら、きっと誰でも……。

と、障子から差しこむ光が陰りだした。また空模様が怪しくなってきたのかもしれない。東寺へ着くまでに吹雪かなければよいのだが。

瑠璃は軽く嘆息して、左手に持つ能面を眺めた。

あたかも魂を帯びているかのごとく美しい泥眼の面。瑞々《みずみず》しささえ感じられる肌。微笑の奥よりのぞく金の彩色。わずかに開かれた口は初めて見た時と寸分変わらず、今にも言葉を紡《つむ》ぎそうで――。

「……！」

途端、寒気を覚えた瑠璃は咄嗟に面を手放した。面の口元が本当に動いた気がしたのだ――果たしてそれは、目の錯覚などではなかった。

畳へと滑り落ちていく能面は、しかし、つうっと宙に浮き上がる。

弧を描くようにして停止し、瑠璃と正面から向かいあう。

眼前に浮かぶ女の顔。金に光る目、妖しい微笑。と、能面は空中で裏返るや、瞠目したまま声を失った瑠璃の、顔面に貼りついた。

一気に狭まる視界。真っ白になる頭。剝がそうとしても面はまるで顔に吸いついているかのように離れない。混乱する思考の隅で感じ取ったのは、体中の筋が弛緩《しかん》していく感覚だった。

力を吸われている。

泥眼の面には呪術が施されていたのだ。

「ぐ、ああ……っ！」

能面の額から、頰から、黒く長大な呪符が飛び出す。島原で道満の体を包んでいた呪符だ。それが今、意思を帯びて瑠璃の体を縛り上げた。

体の自由が利かない。足先から力が抜ける。たまらず瑠璃は畳に音を立てて倒れた。すると異変を察した男衆が、

「瑠璃さん！」

「何だよこれ――一体どうしたってんだっ？　おい瑠璃！」

寝間へと駆け上がってきた彼らは当惑の声を発した。それもそのはず、今や瑠璃の体は呪符に隙間なく包まれて、黒い繭《まゆ》のごとき様相を呈していた。

畳の上でもがき、喘ぐ瑠璃。どれだけ暴れても呪符は外れない。力が奪われていくのを止められない。

「もしや、この面か」

異変の原因に気づいた男衆は急いで能面を外そうとした。

が。

「――時は来た――」

能面の口が紡いだのは、道満の声であった。

次の瞬間、繭となった瑠璃の体が、能面もろともその場から、消え失せた。

六

ざわざわと吹きつける向かい風が、着物の裾をはためかせる。凍てつく寒風にさらされて体温があっという間に奪われていく。面の内側から吐き出した浅い呼気は、白い霞のごとく空気に紛れて消えた。

ここは一体、どこなのか。

気づけば瑠璃は見知らぬ土地にひとり佇んでいた。

――皆はどこだ。

今さっき、ほんの一瞬前まで自分は間違いなく塒にいた。にもかかわらず、どうしてこんなところにぽつねんと立っているのか。なぜ一緒にいたはずの男衆がいないのだ。妙な夢でも見ているのかと思ったが、凍える肌の感覚はあまりに鮮烈で、これが現の出来事であることは疑いようもなかった。

白砂が敷き詰められた庭のような、広場のような場所の中心。瑠璃はそこにいた。

面越しに見まわせば、正面にある大きな階段の上には神明造《しんめいづくり》の建物が厳《おごそ》かに建ち、階段の下には向かって右手に桜《さくら》、左手に橘《たちばな》の木。反対の方角を見返れば雅《みや》びやかな門が一つ。右方と左方には廊で繋がったこれまた古風な建物が建ち並んでいる。

――何なんだ。どこなんだここは？　こんな場所、わっちは知らない。

ここは果たして自分の知る京なのだろうか。謎めいたこの地には通り抜ける風の音がするばかりで人気《ひとけ》はなかった。瑠璃は混沌とする頭で正しい方角さえわからぬまま、気忙《きぜわ》しく視線を巡らせる。

やけに空気が薄く、息がしづらい。これも面が外れないせいか。

そう思った矢先、

「その面、まだ取っておいてくれたんどすな」

振り返った瑠璃は息を詰める。

白い陰陽師の装束。柔らかく温和な声――他でもない蘆屋道満が、正面にそびえる神明造の建物から姿を現すところであった。

「嬉しいどっせ。その泥眼の面を大事に取っといてくれはったおかげで、こうして難なくあなたをここへ呼び寄せられた。島原での怒りようからして、てっきり面も壊してもうたやろうと懸念しとりましたが」

「道満……！　あんた、やっぱり面に呪術を……」

ゆったりとした足取りで十八段の階段を下り、桜と橘の木に挟まれる格好で立ち止まった道満は、目尻を緩めた。

「ようこそお越しやす瑠璃さん。ここは在りし日の〝平安宮《へいあんきゆう》〟。かつて帝がおわし政《まつりごと》の采配を振るった、禁裏《きんり》の内郭《ないかく》そのものどす」

「平安宮、だと」

「ええ、なかなか風雅なものですやろ？　俺の後ろにあるんは紫宸殿《ししんでん》いう内裏の正殿や。大嘗会《だいじようえ》や朝賀《ちようが》なんかを執り行う、最も重要な御殿でしてね」

耳を疑わずにはおれなかった。

何と道満は陰陽術で「幻の平安宮」を再現したというのである。東西に五十七、南北に七十二丈もあったと伝わる広大な敷地を。そんなことが可能なのか。ならば今の京は、どこへ行ってしまったのか。

この疑念を汲み取ったのだろう、道満は無言で地面を指差してみせる。瑠璃は警戒しつつ足元へ目を凝らす。

「まさか、ここは——」

よく見れば平安宮の白砂は半透明であった。その遥か下方に、碁盤《ごばん》の目状の町並みなかった。

が朧《おぼろ》に透けて見えるではないか。真下を東西に走るのは瑠璃もよく知る出水通。米粒米粒ほどにしか見えないあの家は、位置からして、前に居候していた「閑馬」の家に違いなかった。

「今いるのは、京の、上空……？」

だから空気が薄いのだ。先ほど空が陰りだしたと感じたのは、上空に平安宮が出現したからだったのだ。合点がいくと同時に瑠璃は震慄《しんりつ》が広がるのを禁じ得なかった。かように奇抜かつ大規模な術をやってのけるくらいだ、道満に今備わっている力がどの程度か、まったくもって測り知ることはできない。

――こんな奴に、勝てるのか。

絶句してしまった瑠璃をよそに、

「ところで、今日が何の日かわからはりますか？」

問いながら道満は悠然と両腕を広げた。

「麒麟が司る土用《どよう》。その中でも特に大事な最終日、節分《せつぶん》や。節分は季節の変わり目であり、陰陽道にあって陰と陽が入れ替わる時であり、さらには邪気が生じる日ともされとります」

ゆえに人々は邪なもの、つまり「鬼」を恐れて豆をまく。しかし道満いわく、節分は恐ろしいと同時にめでたい日でもあるという。

「明日は立春、新しい春が巡ってくる。旧《ふる》い季節は今日で終わり、新たな季節が明日から始まるゆうことや。ふふ、桃源郷の創世にこれほどふさわしい日はないですやろ？　俗悪な今世に終焉を告げ、美しい世をまさにここ平安宮から始める。父神と母神——俺とあなたの、二人でね」

「…………」

「今こそ改めて問います。瑠璃さん、俺の妻になっとくれやしまへんか。二人でともに桃源郷を作りましょう」

道満の表情は変わらず穏やかで、優しげだった。こちらを見つめる目には春の風を思わせるような晴れやかさすら窺える。この人好きのする顔で何人もの人間を油断させ、籠絡《ろうらく》し、魂を奪ってきたのだろう。百瀬の三兄妹をも手懐《てなず》けたのだろう。

が、今の瑠璃には通じない。

「……馬鹿言ってんじゃァねえよ。二人で、だと？　そんな戯言《ざれごと》をわっちが受け入れるとでも？　あんただって本当はわかってんだろ、わっちが心変わりすることは絶対にないってさ」

懐柔が困難だと承知していたからこそあらかじめ能面に呪術を施しておき、有無を言わさずこの場へ呼び寄せるしかなかったのだろう。そう唾棄《だき》した瑠璃に対し、道満は物憂げに吐息をこぼした。

「どうあっても母神になる気はないゆうことですね。おっしゃるとおり、あなたがどれだけ頑固かは、一緒に暮らして嫌っちゅうほど心得てましたけども」

残念やな、とつぶやいたのも束の間。

「この話はまた後でゆっくりしまひょ。それこそ時間は、たっぷりあるんやさけ」

言うなり道満は両手を自身の胸に添える。そのまま爪を立てるや否や、あたかも引き戸が開かれるようにすうっ、と狩衣が割れて、彼の胸をあらわにした。

息を呑む瑠璃。狭まった視界に見たのは、死した夢幻衆――菊丸、蟠雪、蓮音――歪《いびつ》な笑みをたたえる百瀬の三兄妹の顔が、道満の胸に浮かび上がる様だった。

パチン、と道満は指を鳴らす。

それを合図に、京にそびえ立つ禍ツ柱が妖しい光を放った。

洛東、青龍の禍ツ柱。

洛北、玄武の禍ツ柱。

洛西、白虎の禍ツ柱。

洛南、朱雀の禍ツ柱。

四つの巨柱は未だかつてない邪気を吐き出し始めた。びりびりと震える大気。赤に紫、黒色のまじった見るにおぞましい邪気が、京の四隅から中心へ見る見るうちに充満していく。

上空の平安宮にいたのでは何もできない。

京が、呑まれる。人々が呑まれる。京に生きる、三十万もの人々が。

只ならぬ邪気はさすがに常人の目にも映るのだろう、地上の至るところから人々の怒号や悲鳴が響いてきた。恐怖に駆られた悲鳴の数々。悲鳴が悲鳴を呼び、恐怖が伝播し、そして――。

瑠璃は見た。

眼下に広がる京の地中から、どす黒い靄《もや》が染み出してくるのを。

「あれは……!」

蠢く靄はやがて人間の形を成していく。

ふと脳裏に、地獄の官吏、小野篁《おののたかむら》の声が思い起こされた。

――今、閻魔大王《えんまだいおう》は深く憂えておられる。京に充満する邪気により、現世と地獄が繋がりかけたる現状を。

——生者は死者に干渉すること能わず、死者は生者に干渉すること能わず——これもまた生と死の理よ。だがひとたび現世と地獄が繋がれば、この理は崩壊する。

恐れていたことが起きてしまった。

禍ツ柱から放たれる邪気によってついに現世と地獄が繋がり、「地獄の罪人」がこちら側へと雪崩《なだ》れこんできたのである。

どこを見渡しても黒い亡者、亡者、亡者だらけ。京の地を埋め尽くさんばかりに湧き出た亡者たちは一体どれだけの数がいるのか、数えきることは到底できない。生者に向かい今にも飛びかからんとしているのだろう、うなり声を上げ、不気味に笑みを漏らす。が、些か様子がおかしい。どうも体の自由が利かないらしいのだ。

不意に亡者たちはふわ、と宙に浮き上がる。互いに引き寄せられるように体がくっつきあう。無数の亡者が徐々に塊《かたまり》となり、空へと昇っていく。

上へ、上へ。瑠璃と道満がいる平安宮よりも、さらに上へ。

はたと瑠璃は気がついた。

亡者の巨塊は球となり、天頂に昇った太陽を目指しているのだ。

「道満！　あんた——」

見れば道満は右手を宙にかざしていた。

まるで亡者の巨塊を、掌で操るかのように。

「これですべての条件が揃う」

道満の掌が輝く太陽に向けられる。それに応じて黒い巨塊も天頂へ昇っていく。日の光をゆっくり、着実に、下から遮《さえぎ》っていく。

かくして太陽は、亡者の巨塊に覆い隠されてしまった。

京は幽冥なる闇に包まれた。

「……ああ、暗いなあ。けれども夜があるから夜明けもある。心配しなさんな瑠璃さん、太陽はまた俺たちを照らしてくれます。俺たちだけの、桃源郷を」

瑠璃はこれまで疑問に思っていた。篁が示唆《しさ》していた危機、すなわち地獄の亡者が大挙して現世に押し寄せるという危機を、道満は理解しているのだろうかと。知らぬまま禍ツ柱を起動させたのだとしたら、やがて現実となる危機に彼自身も恐れおののくことであろうと。

しかしながら、

「あんたは禍ツ柱の邪気で何が起こるか予見していたのか。知っていいてわざと、地獄から亡者を呼び寄せたんだな？」

声を荒らげる瑠璃に、道満は「もちろん」と頷いた。

「わざわざ面倒な手間をかけて禍ツ柱を立ち上がらせたんは、このためでもありましたからね」

地獄からあふれてきた亡者を操り、太陽と重ねるために。

《天満つる月、太陽を犯す時》――皆既日食を、手ずから起こすために。

不死の秘法に必要な「最後の条件」が、これで漏れなく満たされた。

「おい、待ちやがれ！」

止める声を聞き流し、道満は右手の人差し指と中指で手刀を作る。静かな面持ちで片目を閉じる。

《律令律令、天を我が父と為し地を我が母と為す》

ついに不死の秘法が始まった。

道満が唱えるのは「麒麟の呪」である。

《六合中《くになか》に南斗、北斗、三台、玉女あり。左に青龍、右に白虎、前に朱雀、後に玄武、央《なかば》に集いて麒麟が再来を扶翼せん》

――ちくしょう！　このままじゃ京にある魂が残らず野郎に吸われちまう。

されど今の瑠璃は面に力を奪われているせいで地に足を踏みしめるのがやっとの有

り様。力の入らぬ膝は小刻みに震え、面を剝がそうとする左手も極めて弱々しい。何より最悪なのは、武器となる黒刀がここにないことだ。

《神は自在の徳をもって世の事為を福《さいわい》し、人の仰ぐところなり。乾坤《けんこん》は相通ず。正邪、清濁併せ呑み、生死の閾《いき》は幻と消ゆる。我を言祝《ことほ》ぐ者は福し、我を悪《にく》む者は殃《つみ》せらる……》

せめて相手の口を閉じさせなければ。

ふらつく足で一歩ずつ道満に近づく。

当の道満はといえば、瑠璃が歩み寄ってくる気配を感じているだろうに、およそ意に介する素振りもなかった。

《……我が名は蘆屋道満。天道の理を識り、よろずの障碍《しょうげ》を祓い、世の趨勢《すうせい》を占う皇《すめらぎ》なり。ここに第五の神獣、天《あま》駆ける麒麟として名乗りを上げん。急急如律令》

誦呪《じゅじゅ》が終わったその時だ。

地上で地鳴りが発生した。ぐらぐらと鳴動する大地。空気を切り裂かんばかりの京びとの悲鳴。獣たちは威嚇《いかく》に毛を逆立て、鳥は忙しなく翼をばたつかせる。

京に立ちこめた邪気が、にわかに渦を巻き始める。かと思いきや邪気の渦は凄まじい勢いで京びとに襲いかかった。

うねる邪気。逃げ惑う人々。ある者はよろめきながら家屋の中へ駆けこむ。またある者はざんぶと川に飛びこむ。だが逃げ場など、どこにもありはしない。

声が消えていく。東から聞こえていた悲鳴も、西から聞こえていた悲鳴も。邪気に触れられた者から順に一人、また一人と倒れ伏していく惨憺《さんたん》たる光景に、瑠璃は能面の内で蒼白となった。

京の隅々までを呑みこんでいく邪気はさながら荒波のよう。歴史ある寺社仏閣。整然とした碁盤の目状の道。今上帝《きんじょうてい》が座す御所。徳川将軍家の二条城《にじょうじょう》。民草が暮らす町屋。鴨川も桂川《かつらがわ》も、森も山も、何もかも――これが他ならぬ現の光景であるなど、どうして受け入れられようか。

地上からの声は絶えた。

それでも異様な現象は終わらない。地鳴りは収まるどころか強まっていく一方だ。不意に、昏倒した人々の下で地面が盛り上がる。どくん、どくんと、まるで京の地に血管が浮き上がり、四方へ張り巡らされていくようだ。直後、幾本もの細長い何かが地面から突き出てきた。

京中の地面から現れた、蠢く灰色の「管」。

自ずと想起されたのは道満の日誌である。

——あの管、もしかして。

管は地中を這い、続けざまに突き出てきては、近くに倒れる人間の口内へと滑りこんでいく。反対側の端が禍ツ柱を目指し伸長していく。

次いで禍ツ柱からも太い管が生まれたかと思うと、京の空を一直線に切り、上空にある平安宮へと伸びてくる。その先端は、道満の開かれた胸に繋がった。

細い管で繋がった京の人間と、四本の禍ツ柱。

さらには禍ツ柱と道満も、管で一つに繋がった。

「……ようやっと、この時が来た」

道満の口にうっすらと笑みが浮かぶ。

それまでの穏やかな笑みとは異なる、禍々《まがまが》しさを帯びた笑みだ。何が始まるのか確かめるまでもない。

「やめろ、道満——！」

しかし瑠璃の叫びが聞き入れられることはなかった。

地上にいる人々の口から小さく光る魂が脱け出る。気を失った彼らに抵抗する術などない。魂は細い管を通って四本の禍ツ柱へ。巨柱の中で集約された魂はさらに太い管の中を通り、そして、

「ぐッ」

うめき声が漏れた瞬間、道満の体から黒い煙が噴き出した。黒煙は道満の両脚を包み、胴を包み、首、次いで頭部をたちまちにして包んでいく。

放たれる道満の絶叫。

凍りつく瑠璃。

長い叫びの後、黒煙は、独りでに掻き消えた。

――どうか。

心の臓が騒がしく胸を叩く。

がくん、と道満が膝をつくのを見て、瑠璃は必死に祈った。

どうか失敗していてくれ。不死の秘法などというものは、昔の誰かが戯れに編み出した、虚構の儀式であってくれと。

「……ああ、これや」

が、祈りは通じなかった。ころん、と玻璃の眼球が転がり落ちる。

手をつき立ち上がった道満は、意外なことに涙を流していた。

「冷たい……寒くて凍える、感覚……風の香り……」

自身の頬に触れ、確かめるように体をなぞり、暗黒の天を仰ぐ。

感激に打ち震える道満の外見は、瑠璃の目からすれば何ら変わってはいない。さりとて今この時、彼自身にとっては甚大な変化が起きていた。

「もう幻術で人らしく見せる必要もあらへんのや。ああ、肌の感覚ゆうんはこんなにも鮮やかで素晴らしいものやったか。およそ七百年ぶりの感覚、生の感覚ゆうんは、こんなにも！」

秘儀によって術者は不死にふさわしい「肉体」を得る──したがって道満の体は今、「人形」から「生身の人間の肉体」へと変貌を遂げたのであった。

──本当に四神の力で、人間に戻っちまうなんて……。

もっとも秘儀はこれで完了ではない。むしろ不死の肉体を得たここからが本番だ。

道満の口から悦楽に似た歓喜が弾けた。

「わかる、わかるぞ。魂が流れこんでくる感覚や。ははは！　こないようさんの魂が一度に俺のものになるとは、さすが金烏玉兎集の秘儀。念願やった不死が今こそ実現しようとしとるんや。長かった、これまでホンマに……」

一方で瑠璃は再び地上へ視線を戻す。

今なおうねり続ける邪気。太陽が遮られて薄闇ばかりが広がり、昏倒した人々がそこかしこに倒れ伏す地上はまさに地獄絵図の様相を呈していた。地中から現れる管はいっそう数を増して人と禍ツ柱を繋いでいく。強制的に吸い取られた魂は続々と禍ツ柱を介し、道満の胸へと流れこんでいく。

京から、命が消えていく。

たった一人の、不死のために――。

「道満、てめえ……！」

こみ上げる怒りが瑠璃の喉を震わせた。

「下を見ろ！　あんたのせいであれだけの人間が倒れてるんだ。あんたが永遠の命を手にしたいがために、たったそれだけのために、あれだけ多くの命が犠牲になってるんだぞ！　あの人ら一人ひとりにかけがえのない人生があるってのに――」

「〝あんたは何も感じないのか〞、ですか？」

先んじて発言を読むと、道満は眼下を流し見た。

「……そらもちろん、申し訳ないとは思うてますよ。でもな瑠璃さん。俺はもう、申し訳ないと思うだけの段階にはおらへんのですわ。不死を得て桃源郷を作るためには犠牲もやむなし。それに、人は誰かて安寧の世を心で望んでいるはずでしょう？」

ならば今まさに魂を抜かれている者たちも、きっと納得してくれることだろう。道満はそう言ってのけた。吸収した魂は己の血となり肉となり、安寧の世をともに築く力となってくれるだろうと。

「そんなものは、詭弁《きべん》、だ」

反駁《はんばく》しようとすれども、しかし言葉が途切れてしまう。面の影響でどうしても力が入らない。声も次第に弱くなり、気を抜けばすぐにでも倒れてしまいそうだった。

この様子を察したのだろう、道満は思案げに眉尻を下げた。

「あんまり無理せえへん方がええですよ。人間の後は妖、神、と脆い順に魂を吸うていく。秘儀が完全に終わるまではまだ時間がかかりますさけ、ここでゆっくり待つとしまひょ」

「ふざけんな……っ」

「なあ瑠璃さん、今ならまだ間にあう。母神の件、考え直してくれやしまへんか？」

言いながら道満はこちらへ歩いてくる。対する瑠璃はふら、と後ずさる。

捕まっては駄目だ。なぜだかそう直感していた。だが体は思うように動いてくれない。刀も持たぬ隻腕の体で抵抗しきれるだろうか。否、今の状況では——。

近づく道満。伸ばされる手。

が、彼の手はぴたりと空中で止まった。

「――――！」


その瞬間、瑠璃は間違いなく耳にした。

地上より熱をもって響いてくる、頼もしく勇ましい「友」らの声を。


「行くぞ妖軍！　この薄気味悪い管を一つ残らずぶった切れ！」

「おおおおッ！」

油坊の口上に応じ、千体の妖が一斉に鬨《とき》の声を上げる。

「第一班は俺と一緒に洛東、第二班はがしゃと洛西、第三班は露葉と洛南、第四班はお恋とこまに続いて洛北へ！　いいか、今この京で倒れてる人間はざっと三十万いる。妖一体につき三百人ぶんの管を切るのが目標だ！」

「よっしゃあ！　俺さまについてこい、第二班！」

掛け声を上げるが早いか、上京の晴明神社から四方へ散っていく妖たち。手当たり次第に気絶した人間へと駆け寄り、口から伸びる管を断ち切らんとする。

魂の吸収は管によって行われる。そう瑠璃から聞き及んだ妖たちは来る時に備えて班分けをし、吸収を阻む段取りを組んでいたのである。

油坊は火の玉を出現させて管を燃やす。

がしゃは民家からくすねてきた鉈《なた》を目いっぱい振り下ろす。

「本当は楚々《そそ》とした〝露葉さん〟のままでいたいけどね、あたしにだって我慢ならないことがある。山姥の底力を舐めるんじゃないよ！」

威勢よく管をつかむや、露葉は両腕に力を漲《みなぎ》らせる。ぶち、と妖力をこめて管を引きちぎる。すかさず次の人間へと駆ける。

「ぬう、この管、ぐにゃぐにゃしてて嚙み切れないのだ……」

「任せてこまちゃん！　一緒に引っこ抜きましょう！」

管に牙を引っかけたこまを、後ろからお恋がぐいと引く。とはいえ非力な付喪神ではなかなかうまくいかない。次第に狸の口から常ならぬ野太い声が漏れた。

「こんんのぉ、抜けろやあぁァ！」

「ま、待ってお恋どの、拙者の毛がちぎれ――」

ぶちぶち――と、狛犬の毛が抜けると同時に管も見事に人間の口から抜け、二体の付喪神は弾みで尻餅をついた。

「拙者の毛がァ！」

「ごっ、ごめんねこまちゃん、でもほら、私たちの毛ってまた生えてくるから、ね」

「うう……」

口早に詫びるとお恋は周囲を見巡らす。

「さあ皆さん、管はまだまだたくさんありますよ！　私たち妖の力で人間を助けてあげるんです！」

河童や川熊は水面を泳ぎ、川に逃げこんだまま気絶した人間を岸へと引き上げる。二本差しを佩《は》いた天狗は両刀で管を断ち斬る。膂力《りょりょく》の弱い付喪神たちは綱引きよろしく縦一列に並び、掛け声とともに管を引き抜く。小さな貂や雷獣はわらわらと建物の中に飛びこんで人間の位置を確認する。

「次はどこやっ？」

「こっちやで！　この家にも人間が倒れとる！」

晴明神社を出発した四班の妖軍は破竹の勢いで京を駆けまわり、四隅にそびえる禍ツ柱を目指して順調に広がりを見せていった。統率の取れた動きは人間並み、見ようによっては人間を上回っていると言えよう。

民家の内部。寺や神社の内部。役人の番所や二条城、果ては御所にまで入りこんだ妖たちは、息つく間もなく管を断っていく。田畑に突っ伏す農民。道端に倒れた幼子たち。紋付袴《もんつきはかま》を着た武士。神官。商人。次々と、目に入った者から順番に——妖たちには老いも若いも、身分などというものすら関係ないことだ。

妖狩りで死んでいった友のために。

人間を助けるために。京の命を守るために。誰もが無我夢中で駆け続けた。

「聞け、第一班！」

と、洛東は麩屋町通《ふやちょうどおり》にいた油坊が大声を張り上げる。いくら人間に比べて疲れ知らずの妖といえども、妖力を最大限に使い続けていれば自然と息も上がってくる。油坊の顔にもいつの間にか疲弊の色が滲みだしていた。

さりとて京の人間に繋がれた管すべてを断つにはなお時間がかかるだろう。

「次は鴨川の一帯へ進む！　手の空いた者から移動し——」

だが、油坊の声はそこで遮られた。

各所から飛んでくる、妖軍の恐ろしげな叫び声。何か不測の事態が起きている。敵襲だろうか。しかし敵の姿は見えない。

いきおい神経を尖らせた油坊は、つと、地面へ視線を走らせた。

じわり、じわりと地中から染み出てくる、どす黒い靄——。

「地獄の亡者だ……まずいぞ、皆逃げろ！」

そう叫んだ途端、靄は人の形を成して油坊に躍りかかった。

火の玉を出そうにも間にあわない。回避しようにも疲弊した足は固まったまま。瞬く間に迫り来る亡者の笑み。

するとその時、

「油坊はん！」

素早い影が一つ、油坊の眼前を横切った。亡者に飛びかかるや牙で喉笛に嚙みつく。亡者の口から悲鳴とも取れぬ声が漏れる。

「来てくれたのか、宗旦！」

亡者の一体を踏みつけながら、妖狐は力強く首肯した。

「安心してな。妖軍の皆は、おいらたち狐軍が守るさかい」

所々で上がる狐たちの勇猛な雄叫び。日ノ本中から集められた稲荷神の軍勢が到着したのだ。

伏見の稲荷山から北上し、四方に散らばる妖軍のもとへ。

万の狐たちは赤い前掛けを翻して京を飛びまわる。

「あの世へ帰りや、亡者ども！　おまはんらはとうに死んだのや。いつまでも見苦しゅうこの世にしがみつくんやないえ！」

地上へ降り立つが早いか、稲荷神は妖を襲わんとする亡者に鋭利な牙を剝く。体当たりを食らわせ、地に押さえつける。神通力をもって亡者の群れを見る見る蹴散らしていく。さらには「助かった」と泣きながら感謝する妖たちと力をあわせ、人間の口から出た管を断ち始める。

「ほれ宗旦、早《は》よこっちへ来よし。まだ向こうに亡者どもがうろついとるんや」

「はい！」

稲荷神の一体から声をかけられた宗旦は、キッと眼力をこめるや駆けだした。

「油坊はん、また後で！」

「ああ、お前さんも気をつけて戦ってくれよ！」

千の妖軍と万の狐軍。

京を疾走する二つの連合軍は、亡者を倒し、管を断ち、止まることなく突き進み続けた。

京の遥か上空、幻の平安宮。

友らの奮闘に目を凝らす瑠璃の一方、同じく戦況を確認した道満は、いくぶん苛立《いらだ》った様子で眉根を寄せていた。

「……妖だけやなく稲荷神まで。こら面倒なことになったなあ」

「あの管を断てばもう魂が吸われることもない。後はあんたを倒しさえすれば、奪われた魂も自ずとそれぞれの体へ戻る。そうだろう？」

鋭く問う瑠璃。片や道満は苦々しく頷いた。ところが、

「禍ツ柱の力は四神の力。四神の力がある限り、管はいくらでも繋ぎ直せます」

「何？」

「まァ俺を倒せば禍ツ柱は消えるし、魂が本来の肉体に戻るゆうんも、そら道理でしようけどね。逆に聞きますが瑠璃さん、たった一人でどうやって俺を倒すと？」

力も満足に出せないのに。武器の一つすら持っていないというのに。道満の心の声が言外から伝わってきた。

しかしながら、瑠璃には希望があった。

「……わっち一人であんたを倒すだなんて、そんなことを言った覚えはねえな」

不敵に答えてみせた直後、

「頭！」

待っていた希望がついにやってきた。

宙からの声に道満は振り返る。

錠吉、権三、豊二郎、栄二郎――黒雲の男衆が、巨大な黒狐の背に乗って平安宮へと飛んできたのだ。

黒狐は愁いの滲む瞳で道満を見下ろした。

「こないな再会になるとは哀しいことやな、道満。愛する我が子よ」

「陀天さま……」

声を詰まらせる道満。それも無理からぬことだろう。中立の立場を貫くならいざ知らず、育ての母が、よもや自身の敵にまわるとは道満にとってみればまったくの想定外だったはずだ。

遡って、瑠璃が時から消失した時――。

いつ戦が起きても対処できるよう稲荷山の頂上にて待機していた陀天は、京の上空に浮かぶ「異常」を察知した。幻の平安宮。あれは道満が顕現させたものに違いない。かくてすぐさま召集してあった狐軍を出陣させ、自らは黒雲の時へと飛んで、四人の男衆をこの場へ運んできたのだった。

男衆の体にはすでに球状の結界が施されている。双子の張った結界だ。どうやらこれのおかげで邪気や管を撥《は》ねつけ、魂が吸われるのを防いだらしい。

同志たちの目には決戦への並ならぬ覚悟、そして闘志が燃えていた。

――きっと来てくれるって、信じてた。ありがとう皆。

たとえ体が言うことを聞かなくとも、彼らの存在そのものが、瑠璃の心に活力を吹きこんでくれた。

「今行きます、頭！」

面のせいで力が出ないことを危惧《きぐ》したのだろう、錠吉が声を上げる。されど瑠璃はかぶりを振った。

「いいや、わっちに構うな！　急ぎ各々の配置につけ！」

凜とした声に男衆は視線を交わしあう。しばし躊躇する様子を見せてはいたが、一方、瑠璃の意図を酌んだ陀天は泰然《たいぜん》と頷き返した。

黒狐は宙を旋回する。平安宮の隅へ向かわんとする。その直前、

「瑠璃さん、これを！」

栄二郎が陀天の背から身を乗り出した。

投げられたのは、鍔がない一振りの黒刀――それが瑠璃の足元に突き刺さるのを見届けた陀天は、豊かな毛並みをなびかせながら宙を駆けていった。

黒光りする刀は今もって無言のままだ。だがこれさえあれば風の力を自在に扱いや

すくなる。瑠璃は冷え冷えとした柄に触れると、勢いよく半透明の地から刀身を引き抜いた。

「……男衆の皆さんに何かさせるつもりどすか？」

陀天が宙を駆け、男衆を一人ずつ平安宮の端に降ろしていくのを見ながら、道満は理解できないとでも言いたげに首を振った。

「あんたに言う必要があるか？」

「いいえ、答えてもらえるとも思うてまへん。ただ無駄なことはせん方が賢明やと思いますけどね。大人しゅう邪気に呑まれて気を失ってもうた方が、痛い思いかてせんで済むんに」

パチン。

またしても指が鳴らされた。瑠璃の胸を、嫌な予感が掠めた。

「よせ、何をする気だ！」

卒然と発光しだす四本の禍ツ柱。凝縮された邪気の塊が、平安宮の四箇所へと一直線に滑空してくる。

道満はふんわりと目を細めた。

「青龍、玄武、白虎、朱雀。くれぐれも息の根は止めんようにな。生きたまま魂を抜き取るためにも」

邪気の塊は見る間に肥大化し、めいめい形を変えていく。

想像上の生き物——すなわち京の自然を司る、四体の神獣へと——。


場所は平安宮の西側。

遊義門《ゆうぎもん》そばに立つ権三の前に顕現したのは、

「これが玄武の、本当の姿なのか……」

大亀の神獣、玄武が、甲羅の内側からほの暗い目でこちらを睨みつけていた。

と、首を突き出すなり玄武は水の弾を放った。直ちに右へ跳びすさる権三。水弾が当たった遊義門の外壁が音を立てて崩れる。

それればかりか外壁を貫いた水弾は奥の飛香舎《ひぎょうしゃ》、弘徽殿《こきでん》、さらには麗景殿《れいけいでん》までをも突き破り、平安宮の反対側にまで飛んでいくではないか。

「……これは相当、気合いを入れて臨まないとな」

外壁の穴を見やった権三は、やにわに顔を曇らせた。

妖鬼「裏玄武」と同じ攻撃方法ではあれ、その威力は紛い物とはまるで比べ物にならない。少しでも食らえば双子が張った球状の結界も意味を成さないだろう。権三は矢継ぎ早に繰り出される水弾を掻いくぐる。金剛杵を持ち直し、玄武の首に打ち当てんとする。

平安宮の南西。

修明門《しゅめいもん》そばに降り立った錠吉の前には、獰猛《どうもう》な白虎が立ちはだかっていた。

「く……っ、これも道満の術か……」

吼《ほ》え猛《たけ》る白虎。錠吉に向かい飛びかかる。迅速に身をかわした錠吉は錫杖を振る。先端につく輪を鳴らしながら、白虎の胴を突き刺す。が、たちどころに白虎の体を鋼《はがね》が覆って攻撃を弾いた。

これまた「裏白虎」と同じ防御法だ。錫杖の一撃をいなすや白虎は跳び上がる。錠吉の脳天へ虎の爪を振りかざす。

「ならば目だ！」

裏白虎との対戦では目への一撃が功を奏した。同じ手は真の神獣にも効くはず。爪の一撃を回避する錠吉。体勢を整え、白虎の右目に狙いを定める。錫杖の先端はまっすぐに、暗く光る目を捉えた——かに思えたのだが。

何と鋼は白虎の両目をも覆い、いとも容易く錫杖を弾いてしまった。

これぞ真なる鉄壁の防御。今目の前にいる神獣には、寸分の隙すらもないのだ。錠吉の首筋に、つう、と冷たい汗が伝った。

平安宮の南東。

春華門《しゅんかもん》を背にした豊二郎は上空を仰ぎ見ていた。

悠然と翼をはためかせるのは朱雀。赤々とした火焔《かえん》をまとう神鳥は、甲高い地鳴きを響かせる。

「こんなの、俺にどうしろってんだよ……」

呆然とつぶやいた次の瞬間、朱雀は豊二郎に向かって急降下した。迫り来る火焔。尖った嘴《くちばし》。辛くも攻撃をよけた豊二郎は手に持つ黒扇子を開く。念じるとともに黒扇子は弓矢へと形を変えた。

空にて旋回するや、朱雀はまたもこちらへと飛んでくる。片や豊二郎は矢をつがえる。意を決し放たれた矢は、しかし、朱雀のまとう火焔に焼かれ一瞬にして塵《ちり》となってしまった。

「くそ、やっぱりか！」

悔しさに歯噛みすれども、こちらには弓矢の他に戦う術はない。

――栄のところはどうなってるんだ。無事なのか？

再び向かってくる朱雀。立ち尽くす豊二郎。

するとそこへ、

「去《い》ね、朱雀。邪な術に操られし憐れな化鳥《けちょう》め」

加勢に現れたのは陀天だ。低くうなったかと思いきや、稲荷大神は宙で咆哮《ほうこう》する。神通力を帯びた咆哮は波動となって朱雀を襲う。

「兄さん！　無事っ？」

続けて聞こえた声の方を見やれば、平安宮の東、嘉陽門《かようもん》のある方角から栄二郎が一目散に駆けてきた。豊二郎は目を見開いた。

「栄！　助かったぜ、まだ陀天さまと一緒だったのか」

「うん、陀天さまにお願いしてこっちに方向転換してもらったんだ。相手が朱雀じゃ太刀打ちできないと思ってね」

弟の機転に胸を撫で下ろした豊二郎だったが、そうなると一つ疑問が生まれる。

「お前、あっちで神獣に襲われなかったのか？」

「それなんだけど……」

言いよどみつつ栄二郎は後方を指差す。弟の背後をのぞきこんだ豊二郎は、いきおい声を失ってしまった。

嘉陽門の方角から、低空飛行する大蜥蜴《おおとかげ》に似た神獣——青龍がこちらへと猛進してくるのだ。どうやら栄二郎も一人では圧倒的に不利だと悟り、兄とともに戦おうと考えたらしかった。

「朱雀の方は陀天さまに任せて、俺たちは青龍を倒そう。早く配置について瑠璃さんの合図を待たないと」

「……ええいわかったよ、こうなったら結界役の意地を見せてやる！」

地面すれすれを這うように飛んでくる青龍。双子は弓矢を構え、弦《つる》を引き絞る。さりとて今この時、二人の心にはまったく同じ不安が兆していた。

元より双子は結界師。あくまでも瑠璃や錠吉、権三を陰から援護する役回りなのであって、正面を切った戦闘には向かないのだ。

躍動する青龍へと狙いをつけながら、豊二郎と栄二郎は固く唇を引き結んだ。


「はあああッ！」

紫宸殿の前庭にて瑠璃は地を蹴る。黒刀を振るう。

斬撃を無言でよけながら、対する道満は、どこか気遣わしげな眼差しでこちらを見ていた。

「なあ瑠璃さん、もう――」

最後まで言わせる気はない。瑠璃は丹田《たんでん》に力を入れる。途端、体から青の風が巻き起こった。栄二郎が黒刀を持ってきてくれたのは実にありがたい判断だったと言えよう。これを握っているとやはり風を出しやすい。

青の風は瑠璃の肢体に絡みつく。両脚を包み、左腕を包み、力が入りきらぬ体を操り人形の要領で動かす。速度を増して道満へ斬りかかる。

他方、泥眼の面は未だ瑠璃の顔にぴったりと貼りついたままだ。無理やり蒼流の風を出したところで、出したそばから風は面に吸いこまれていってしまう。それゆえ瑠璃は吸いこまれる量よりも多くの風を継続して出す以外になかった。

しかし風の力には、代償がある。

ビキ、と神経に走る激痛。瑠璃の動きが鈍《にぶ》くなる。

これに気づいた道満は、

「もうやめよし。自分で自分を痛めつけることはせんといてくれやす」

と、さもいたわしげに苦言を呈した。

「……あんたに言われる筋合いはねえ」

「大いにありますとも。瑠璃さん、あなたには母神となってもらわなあかんのやから。未来の妻が傷つくのを見て黙っとられる夫はおらへんでしょ？」

「まだそんなこと言ってやがるのか！」

怒りでさらなる青の風が噴出した。

無茶なことをしているのは自分でもよくわかっている。動かぬ体を強引に動かし、反動を伴う風を噴出させ続けることがどれだけ危険であるか、誰より瑠璃自身が深く理解している。それでも瑠璃には、止まれない理由があった。

――妖軍も、狐軍も、うちの男衆も皆、不退転の覚悟で戦ってるんだ。道満を倒す要のわっちが諦めるわけにはいかない。投げ出すわけにはいかない！

斜め上へと黒刀を振り抜く。首をそらす道満。いかなる斬撃もすんでのところでかわされてしまう。元から身体能力が高かったとは思えない彼だが、おそらく京びとの魂を取りこんだことで素早さも高められているのに違いない。

生半《なまなか》な攻撃ばかりではこちらの体力が削られるだけだ。瑠璃はより激しく風を引き出す。吹き荒れる青の旋風。爪先へと意識を集中する。一息に地を蹴る。加速して相手との距離を詰める。

道満の目が一瞬、驚きに見開かれた。

――しめた！

勝機を確信する瑠璃。勢いそのままに黒刀で斬りつける。だが、刃が当たるまさに寸前、予期せぬことが起きた。

道満の足元から土がせり上がってきたのだ。

「何――」

半透明の地面が「土の壁」と化して道満を守る。

黒刀を受け止めた土壁は金剛石さながらに硬度が高く、刃はあえなく弾かれてしまった。

「これこそが麒麟の力。木火土金水の五行のうち、麒麟が司る〝土〟の恩恵どす」

こちらは全力で戦っているというのに、道満の平静な口ぶりには些かの変化も聞き取れない。発言から推し測るに、今や「麒麟」として力を得た彼にとっては、瑠璃との一騎打ちも単なる遊戯に過ぎないのだろうか。

「野郎、悠長に構えやがって」

気色《けしき》ばむ瑠璃。奥歯を噛みしめる。黒刀の柄をギリ、と握る。

再び両脚に風を集める。先ほどよりもさらに速く、かつ強く。足を踏み切る。相手へと目を据える。左腕をしならせる。だがそのたび土壁が立ち現れて道満を守る。彼の体と禍ツ柱を繋ぐ四本の管も同様、土壁があるせいで斬撃がことごとく防がれてしまう。

だとすれば土壁よりも速く動けばよいだけのこと。瑠璃は立ち位置を変え、体勢を変えつつ間髪容《い》れずに斬撃を畳みかける。正面から、左から、右から。しかしなおもって道満へ刃を届かせることが叶わない。

――土壁は地面から生まれる。だったら……。

相手の背後にまわった瑠璃は両腿《りょうもも》にぐっ、と力を入れた。瞬時にして道満の頭上へ、高々と跳躍する。

顎《あご》をそらす道満。視線がこちらへと上がってくる。と同時に地面から生まれ来る土壁。それより速く斬撃を繰り出せたなら――空中で身をひねる瑠璃。道満の脳天めがけ、黒刀をあらん限りの力で振り抜く。

手応えあり、刃から振動が伝わってきた。

ところがそれは、道満を斬った手応えではなかった。

「どれだけ速く動いたところで同じどっせ」

と、土壁の下からため息まじりの声が聞こえた。土壁は瑠璃の動きよりもさらに速くせり上がり、道満の頭上までをも完璧に守りきってみせたのだ。彼はなお、無傷であった。

空中にてかちあった土壁と黒い刃。

瑠璃はやむなく着地の姿勢を取ろうとしたのだが、

「うーーッ」

土壁がたちまち四散する。細かな砂粒となって瑠璃の視界を遮る。そればかりか物々しい圧を発し、黒刀ごと瑠璃の体を押し飛ばした。

辛うじて受け身の姿勢を取ったものの、衝撃を逃がしきれず地を転がる。すぐさま立ち上がろうとした瑠璃は、しかし、片膝をついた。

──息が……。

風の力を使い続けた反動がついに瑠璃自身を襲ったのだ。体の隅々を走る激痛に堪えかね、臓腑が痙攣《けいれん》している。呼吸は乱れる一方。神経の至るところに傷が入ってしまったのか、立ち上がることさえもままならない。

力の差は歴然としていた。

たとえ面が外れ、蒼流の力を最大限に引き出せたとしても、道満にかなうかどうか確証は持てない。あの硬く敏捷《びんしょう》な土壁も然り、麒麟となった道満は「四神の力」すらも自由に操ることができるのだから。

四神とはすなわち京の自然。大地や川、木々、京を構成する自然それ自体が今、道満に力を与えているのである。

——強すぎる——。

対して、いくら龍神の宿世といえども、瑠璃はあくまで一人の人間であった。

「麒麟の力がどれだけのモンか、ようわからはったでしょう？　いい加減に諦めとくれやしまへんか。俺にはあなたと戦う気なんぞ端《はな》からないんやさかいに」

案じるようなその弁は、本人の意図とは裏腹に、瑠璃の怒気をさらに煽《あお》った。

動けないながらに視線を上げ、道満をねめつける。

「諦めろだと？　そいつはできねえ注文だ。わっちは諦めが悪い女なんでね」

「せやけどその風は見た感じ、あなたにとって諸刃の剣なんとちゃいますか。限界を超えて使えば命が危ない。図星でしょ」

「……」

「頼むわ瑠璃さん、俺はあなたを死なせるわけにいかへん。万が一にもあなたが死んでもうたら——」

「陰陽術で蘇らせる、か？」

途端、道満の眉が微かに動いた。

「それとも黄泉国まで連れ戻しに行くか？　できやしないよな道満。あんたは大昔にそのどちらも失敗してるんだから」

「……俺の日誌を、読まはったのか。勝手に過去を知られるゆうんは、あまり気分がええモンやおまへんな」

非難の色を滲ませる道満に対し、瑠璃は腹の底から声を振り絞った。

「あんたは梨花君《ぎみ》をどうにかして生き返らせようとした。死というものを受け入れられなかったばっかりに……だがあんたは一度だって、梨花君の〝本心〟を知ろうとは考えなかったのか？　なぜ梨花君があえて風葬を選んだのかって、理由も」

命あるものはいつか必ず終わりの時を迎える。死した肉体は朽ち果て、土に還り、やがて新たな命を生む土壌となる。そう心得ていたからこそ梨花は風葬を選んだのだろう。遺していく夫、晴明。そして死に抗おうと腐心し続けていた道満に、己が死をもって「諸行無常」を体現するために。

梨花は永遠の命なぞ望んではいなかった。自身の死をしかと受け入れ、道満にも受け入れてほしいと願っていたのだ。

「晴明公だってそうさ。〝不死〟じゃなく〝今ある生〟をこそ大切にすべき──そう弟に伝えられないまま死ぬことを、どれだけ無念に思っていたか。それなのにあんたはどうだ？　梨花君や晴明公の想いを一つも酌もうとしないばかりか、寄り添ってくれたサチまで殺して！」

瑠璃の怒声を、道満は無表情に聞いていた。

「確かにサチは人形の体を恐れたかもしれない。逃げようとさえしただろう。それが人間ってものだからな。けれど、もしあんたが心の内を何もかもさらけ出してサチと向きあっていたなら、たとえ時間がかかろうといつか受け止めてくれたかもしれないじゃないか！　なのにあんたは簡単に諦めた！　てめえの殻に閉じこもったまま、誰とも真剣に向きあおうとしなかったんだ！」

闇ばかりが広がる天を仰ぎ、

「……梨花に、晴明。それにサチか……」

道満は遠い過去へと思いを致しているらしかった。

瞳の奥に見ているのは死した者たち、己が手で殺めた者たちか。彼の面持ちには寂《せき》寥《りょう》と後悔が交差していた。少なくとも瑠璃にはそう見えた。

否、そう見えると、思いたかっただけかもしれない。

「今さら死人の代弁をされたところでね。過去のことなんて全部、今の俺にはどうでもええことですわ」

と、道満が平坦に言い放った時だ。

地上から微かに届く悲鳴。

瑠璃は半透明の地面へと視線を走らせる。

いつしか京の地上には夥《おびただ》しい数の亡者があふれ、妖軍や狐軍に容赦《ようしゃ》なく襲いかかっていた。さすがの稲荷神たちもこの数を捌《さば》くことはならず、邪気にさらされ続けていたのではいかんとも神通力を発揮しがたい。

亡者の波に呑まれて、妖と狐は一体、また一体と力尽きていく。すかさず地中から管が現れ、倒れた者の口にぬるりと入りこむ。吸い取られた魂が徐々に、禍ツ柱へと集められていく。

「皆……」

悄然《しょうぜん》と声を揺らしたのも束の間、次いで平安宮の四箇所から、神獣たちの猛り声が響いてきた。

見れば具現化された玄武、白虎、朱雀、青龍が平安宮の塀に佇み、道満の指示を待つかのように体を休めている。

——嘘だ。

それは疑いようもなく、男衆の敗北を意味していた。

「何でや、道満……」

紫宸殿へと傷だらけの体を引きずってきたのは、朱雀に敗れた陀天であった。

「本気でわらわをも……育ての母をも、殺めてしまおうというんか……」

力ない言葉を最後に、黒狐もどさりと倒れ伏した。

静寂に包まれた京の上空。

声は絶えた。

命の気配が、残らず絶えた。

――許さない――。

心が激昂に震えた刹那、瑠璃の体から激しい風が立ち起こった。

京にはもう、誰も残っていないのだ。

妖も。狐も。常にそばで支えてくれた、大事な四人の男衆も。

「蘆屋道満！　てめえは地獄で泣いて詫びろ！」

凄まじい憤怒が弾ける。瑠璃は刀の柄で面を突く。何度も、何度も、膂力を振り絞り、力任せに面を突き砕かんとする。

すると暴発した青の風を吸いきれなかったのか、柄で突いた箇所に亀裂が入り始めた。この忌々しい能面さえ剥がせたなら今度こそ自由に動ける。蒼流の力を思うさま出しきれる。段々と広がっていく面の亀裂。

が、これを道満が見過ごすことはなかった。

半透明の地面がせり上がる。道満の意思により凝固した土は、大きな手となり瑠璃に迫った。

「この……っ、何しやがる、離せ！」

土の手が黒刀の刀身をつかむ。反抗する瑠璃の左手から刀を奪い取るなり、ずぶりと地に突き刺す。瞬間、半透明の地が割れ、刀は地上へと落ちていってしまった。亡者の波に呑まれ、たちまち視界から消えていく。

瑠璃は喪心した。

一緒に戦ってくれる同志たちはもういない。武器すらも、失ってしまった。

胸に満ちていく暗澹たる感情。足先から頭まで、全身を隈《くま》なく覆い尽くしていくこの感情、力を奪っていく、色のない感情は――。

――もう……。

この段に至っては、認めざるを得なかった。

終わりだ。何もかも。蘆屋道満には、勝てない。

絶望が暗く、心身に広がった。

「わからへんな。どうしてそこまで不死を、桃源郷を否定するんです？」

膝をつき動かなくなってしまった瑠璃に、道満は問いかける。

「言うときますが、俺は誰も差別なんかせえへんですよ。突き詰めれば人間は皆同じなんやから、差別なんてするんはただの傲慢や。せやさけ俺は歳も身分も関係なくすべての魂をこの身に招き入れる。京だけやなくいずれ日ノ本中の魂が、俺の中で一つになるんや」

すべての者が等しく一つとなり、ともに不死を享受する。

すべての者が道満の中で「永遠の存在」となり、新たな世を作る礎となる。

これほど素晴らしいことはないだろうと彼は言った。

「一人の父神と一人の母神からなる桃源郷には、同じ血筋、同じ思想を持った人間しかおらへん。そこに争いなんぞ生まれようはずもない……なあ瑠璃さん、あなたかてそれをずっと望み続けてきたんやろ？　俺がやろうとしていることこそが、あなたの悲願、〝瑠璃の浄土〟を実現するんですよ？」

にもかかわらず、どうして自分の妻になるのをそれほど嫌がるのか。同じ釜の飯を食って過ごした時間の中で、少しくらいは特別な感情を抱くようになっていたのではないか――道満の問いはその実、まったくの的外れとも言い切れない。

もし道満が無欲な「閑馬」のままだったら、瑠璃はかつての想い人である酒井《さかい》忠以《ただざね》をどことなく彷彿とさせる彼のことを、憎からず思うようになっていたかもしれない。仮に栄二郎という青年が京へ来なかったなら、道満が見せる優しさに、いつか絆《ほだ》されていたかもしれない。

けれども、それはどこまでいっても「仮」の話だ。

「……嫌だ。母神になんかなりたくない。あんたみたいなクソ爺は大嫌いだ……妻になんて、死んでもならない」

湿り気を帯びた声に、道満はしばし黙りこくっていた。

「死んでも……か。そこまで言うなら、まあ、仕方ないですね」

そう寂しげにこぼしたかと思うと、

「あなたの意識は残したいと考えとった。この〝禁じ手〟だけは使うまいと」

改めて瑠璃に向き直り、呪を唱える。手刀で縦四本、横五本の九字を切る。宙空に浮かび上がった四縦五横印が瑠璃の方へと滑っていく。

我に返った瑠璃は逃げようと腰を浮かした。が、地面から突如現れた土の手に足首をつかまれる。動こうにも足がびくともしない。

「くッ――！」

瑠璃の体に貼りつく四縦五横印。道満はそれを見据えるや、最後、斜めに手刀を振り下ろした。

四縦五横印を袈裟切りにする斜線――陰陽師の奥義「十字印」。またの名を「即死の法」と称される呪術だ。ただしこれがもたらす死とは、肉体の死ではない。

その瞬間、まるで空気が抜けるかのごとく、瑠璃の肩から力が抜けた。

ぶらんと垂れ下がる左腕。立ったままぐったりと緩みきった体。十字印が禁じ手とされる所以《ゆえん》は、目に見えぬ相手の「心」を狙うからである。

俯いた顔から声が漏れることは、もはやない。

果たして道満の十字印により、黒雲頭領、瑠璃の心は完膚なきまでに破壊された。

七

「とうとう俺ひとりに、なってもうたか」

静まり返った京の上空に、ひゅう——と冬ざれの風が吹く。生身の肌に感じる風はこうも蕭条《しょうじょう》たるものであったろうかと、道満は小さく吐息をこぼした。

無言で佇む瑠璃に歩み寄ると、切り揃えられた断髪に触れる。顔から泥眼の面を外してやり、白い頬をそっと撫でる。

常人離れした美貌は初めて会った時とそっくりそのまま。けれども艶めく黒髪がなぜ短くなってしまったのかはわからない。ひょっとして彼女にも、自分のあずかり知らぬ迷いや葛藤があったのだろうか。それが何だったのか、聞いてみたいと少しだけ思った。今や叶わぬことだと知りながらも。

「……つくづく残念やな。あなたを母神に選んだんは、龍神の宿世やから、陰陽の要素が整っとるからと、そればっかりやなかったんですよ」

生きて呼吸こそしているものの、瑠璃は虚ろな目をしたがらんどうの存在となってしまった。意思のない、器だけの存在。

まるで生き人形や、と道満は独り言ちた。

「思い出すなあ。今やさけ言いますけどね、あなたと出会った時、梨花やサチを初めて見た時と同じ感情が湧いてきたんですよ。星読みは当たっていた。瑠璃さん、あなたは俺にとっての〝運命の人〟……一緒に暮らした半年間は、短かったけど、ホンマに楽しかった」

あの半年間と同じように、瑠璃とならこの先もずっと一緒にいたいと、互いに心から笑いあって過ごせるかもしれないと、本気で思っていたのに。

サチと過ごした時間のように、「生きている」という幸せを、二人でともに嚙みしめられただろうに――。

「もう、何を言うても聞こえてへんか」

自嘲気味に笑うと道満は深呼吸を一つした。

肺に満ちていく新鮮な空気。肌をくすぐる風。長年にわたり人形として無感覚に生きてきたのが信じられないほどだ。生身で感じる五感というのは、やはり何物にも代えがたく素晴らしい。

「さあ、これでやっと秘儀を心置きなく行える。京中にある魂の一切を、この身に取り入れることができる」

後は日ノ本を順々にまわって各地の魂を吸収すれば、桃源郷の地ならしは完了だ。日ノ本には自分と、生き人形と化した瑠璃だけが残る。瑠璃は美しさだけそのままに逃げることも抗うこともせず、自分が思うとおりに動くだろう。「歩け」と言えば歩き、「笑え」と言えば笑うだろう。人形と同様、瞳に浮かぶ空虚さだけは、どうすることもできないが。

――ああ、また独り、か。今まで何百年もかけて、慣れたはずやったんにな。

ふと、背後で何かが動く気配がした。

振り返った道満は思わず目を瞠った。

「麗……？」

平安宮の北側から一人きりで歩いてきた童女は、暗く、もの言いたげな目でこちらを見ていた。

「おまはん、生きとったんか。でもどうして無事でおれたんや？　管は京にいる全員と繋がったはずなんに」

と、言いつつ道満は合点がいった。

麗には鬼の血が流れている。人間でありながらも半分は鬼だ。自身で意図したのかはわからぬが、おそらく鬼の血が彼女を守ったのに違いない。

「陀天さまの毛の中に隠れて見えへんかったけど、おまはん、黒雲の男衆と一緒にこへ来たんやろ？　それからずっと陰で様子を窺っとったんやな。……ということはもしかして、黒雲には、おまはんを組みこんだ奥の手があったっちゅうことか」

麗は答えようとしなかった。ただ哀しげに瑠璃と道満を見比べるだけだ。

黒雲がいかなる策を練っていたのか興味はあったものの、今さら聞き出したところで無意味なこと。それより童女の生存を知った瞬間、道満の心にはある閃《ひらめ》きが生まれていた。

「すまんかった、麗。おまはんには苦労のかけどおしで、辛い思いばかりさせてきてもうたな。飛雷を殺させたこともそうやし、宝来の民に関しても。俺を恨んどるから、黒雲の側についたんやろ？」

「…………」

「その詫びと言うては何やが、おまはんの魂は吸わへんことにする。な、麗。これからは俺がおまはんの世話をしよう。もし望むなら不死の法を手ほどきしたってもええ。半人半鬼である上に陰陽道を会得したおまはんなら、うまくいけば俺と同じ不死になれるかもしれへんで？　せやさけ一緒に桃源郷を――」

「道満さま」

ようやく口を開いた麗は、ひたと道満に目を留めた。

瞳にどこか、疑わしげな色を漂わせながら。

「あれほど望んではった不死が今やっと手に入るゆうんに、どうして道満さまのお顔は、そないに哀しそうなんどすか」

道満の微笑みが凍った。

「ウチや蓮音さまたちに何度も言うてはりましたよね。〝死は恐ろしいもの〟〝遠ざけねばならないもの〟やて。確かにそうやろうし、蓮音さまたちは疑問にも感じてへんみたいやったけど、でも、ウチはずっと不思議に思うてました。不死になるゆうんは永遠に生きるゆうことなんに、それなのに道満さまは、今まで一度も〝生きたい〟とは言うてへん」

なぜかと童女は問い続ける。

「死ぬのを嫌がる言葉ばっかりで、何で生きたいとは言わはらんのですか？　不死ゆうんは、生きたいから望むものやないんですか？」

ひゅう、とやにわに吹きつけた一陣の風が、二人の間を流れていった。

どれだけの沈黙があっただろう。道満の口から漏れたのは、

「……あかんわ、麗」

その声からは抑揚が失われていた。面差しからも感情の一切が失せ、双眸《そうぼう》が冷ややかに童女を見下ろす。

「おまはんはホンマに聡《さと》い子や。そこがええところで、悪いところでもある」

歩を進め、立ちすくむ麗へと右の掌をかざす。たちまちにして伸びていく灰色の管。魂を奪われると察したのだろう、麗の顔に戦慄が差す――しかしながら道満の思惑は、果たされることがなかった。

「！」

道満は眉根を寄せる。彼の左腕をつかむのは女の手だった。

生き人形となった女の、白く、華奢な手。

「馬鹿な――」

咄嗟に手を振り払い後退する。かぶりを振ると再度目を凝らす。

当の瑠璃はやはり沈黙したままである。目も虚ろに見開かれたまま、何ら声を上げるでもない。当然だ。心が完全に壊されたのだから。

されど瑠璃の心の臓は、今も力強く拍動を刻んでいた。

突如として鳴り響く雷鳴。

天を走る閃光。

ひりついていく大気。

「……起きろ、瑠璃……」

彼女の胸元から聞こえた声に、道満は息を呑んだ。

「そんなはずない！　お前は確かに――」

瑠璃の指先が胸元へと触れる。次第に渦を巻きだす胸元。そこには薄く、さりとて確かに、消えていたはずの三点の印が浮かび上がろうとしていた。

体から緩やかに巻き起こっていく青の風。

言葉を失った道満の傍ら、やがて渦の中心から、ゆっくりと、黒刀の柄がのぞく。

細い指先が柄を握ったその時、

「……ありがとうよ。飛雷」

瑠璃の瞳に、生きた光が戻った。

胸元から黒刀を引き抜く。青の風は強まり、輝きながら瑠璃を包みこむ。

穏やかな微笑みとともに左手の黒刀を見やれば、求め続けた相棒の声が、しかと耳に響いてきた。

「わからぬ奴じゃな。礼には及ばんと、いつも言うておろうに」

瑠璃と飛雷は一心同体――果たして瑠璃の心が破壊されるという危機を受けて飛雷がついに復活し、そして今度は飛雷が、瑠璃の心を今へと呼び戻したのである。

繭のごとく優しく瑠璃を包みこみながら、風は見る間に勢いを増していく。今にも弾けそうな青の繭玉。龍神の力を妨げるものは、もう何もない。

「麗、元の位置に戻れ！」

童女が踵を返したのを見届けると瑠璃はさらに力をこめる。

――もう二度と、絶望なんてするものか。断じて諦めてなるものか。

人には決して、折れてはならない時がある。

――わっちにとってのそれは、今だ。


瞬間、繭玉が爆《は》ぜた。

押し留められていた青の風が一挙に弾ける。強烈な輝きをもって道満に迫る。常軌を逸した圧に弾き飛ばされる道満。風はいよいよ激しさを増して幻の平安宮に満ち、須臾《しゅゆ》にして天空、さらには地上へと広がった。

鋭さを帯びた風が人々と禍ツ柱を繋ぐ管を断つ。倒れた妖たちの管を断ち、狐たちの管を断ち、平安宮に伏す陀天らの管を目にも留まらぬ速さで断ち斬る。地獄からあふれた亡者も形なき風には為す術がない。風は亡者を次々に斬り刻む。澱んだ邪気の渦を掻き消す。

一方、天空へと広がった風はより上へ、上へと吹き荒れる。月の代わりを果たす亡者の巨塊へ襲いかかる。風に斬り刻まれていく無数の亡者たち。降り注ぐけたたましい叫び声。徐々にすう――と、巨塊の隙間から、太陽の光が差し始める。

かくして亡者の月は跡形もなく消え失せた。

天頂に輝く太陽が京を照らし、暗黒の闇を燦然《さんぜん》と打ち消す。邪気により毒されていた大気が清浄なものへと戻っていく。まだ完全には魂を吸い取られていなかったのだろう、そのうち稲荷大神が目を覚ましたのを皮切りに、狐たち、妖たちも意識を取り戻していく。

「何百年を生きようとも、あんたは何もわかっちゃいない」

止めどなく爆ぜる風の中心で、瑠璃は道満を睨み据えた。

半透明の土壁で風を防ぎつつ、道満も瑠璃を睨み返す。

二人の視線は空中でせめぎあい、白熱する。

「……いただけまへんな瑠璃さん。心の危機を脱したから言うて気が大きくなっとるんちゃいますか。俺が一体、何をわかってへんと？」

「麗に何をしようとした？　子どもを守るのが大人の務め。次の世代を守り、未来を守るのが大人の務めだろうが」

激情に応じて風は爆ぜる。熱く、まばゆい輝きを放つ。

「惨めだな、蘆屋道満。あんたは惨めで寂しい臆病者だ」

生きるとは何か。

死ぬとは何か。

瑠璃はようやく答えを知った。

「生きるということは命を繋ぎ、〝想い〟を繋いでいくということ。人はきっとそのために限りある命を生きて、そして死ぬんだ。何度だって言ってやるよ道満、あんたは死を恐れてばかりいるただの臆病者だ！　死から目を背けているあんたは生から目を背け続けている。生きていても死んでいるのと同じ。生身の肉体を得たところで、結局あんたは空っぽの人形のままなんだよ！」

風が雲を呼び寄せる。上空で稲妻が轟《とどろ》く。

雲は厚みを増していき、やがて京に猛烈な吹雪が降り始めた。

「……っ、そこまで俺を否定するんなら、桃源郷のことはどないなんやっ？」

「桃源郷が瑠璃の浄土になるだなんて、そんなのはあんたの妄想だ」

「なら他に安寧の世を築く方法がある言うんか。世の中をまっさらにせん限り戦はなくならへん。差別も断じてなくならへん！」

「いい加減にしろ道満！　いつまで本音を隠すつもりだ？　そうやって、自分自身にも嘘をついて！」

はっ、と道満の面持ちに動揺が差した。

日誌で過去の追体験をした瑠璃は、なぜ彼が桃源郷を望むようになったか、その原動力が何だったのかをすでに気づいていた。

桃源郷とは道満にとって、己が決して孤独にならない世界――己を慈《いつく》しんでくれる子孫たち、己を否定しない人間に囲まれたいがための、都合のよい世界に過ぎないのだと。

「人形のように唯々《いい》諾々《だくだく》と自分に頭《こうべ》を垂れる、そんな人間に囲まれてみたって、あんたが抱えるその空しさは絶対に消えない。かえって深まる一方だろうよ。それがあんたの思う安寧なのか？　あんたが見ているその未来は、本当に幸せな未来なのか？　そんなこともわからねえ奴が軽々しく瑠璃の浄土を語るな！」

朧げにしか見えない土壁越しにも、道満が唇を震わせているのがわかった。これまでの余裕な様とは打って変わり、こめかみには青筋が立ち、目尻が険しく吊り上がっていく。

「たかだか二十数年しか生きとらん小娘が、知った風なことを……！」

動揺を隠しきれておらずとも、反面、道満は毛ほども観念してはいなかった。

と、青の風が唐突に弱まっていく。瑠璃の口から血が伝い、半透明の地面に滴《したた》る。

龍神の力を出した反動がまたしても襲ってきたのだ。

風の変化を察した道満はすかさず立ち上がった。

「何をほざかれようとも桃源郷こそが正しい世。俺は死なへん。もう一度初めから不死の秘法を修すればええだけのことや。瑠璃、お前を動けんようにしてからな！」

新たに呪を唱えだす道満。すると平安宮の隅で待機していた四神が光の玉となり、紫宸殿の屋根上に集まった。

吹雪が荒れる中、四つの玉は融合する。ぼこぼこと泡立つように形を変えていく。四本の足が生え、胴が出来上がり、頭部からは二本の角が突き出してくる。

全身を覆う鱗《うろこ》。馬の蹄《ひづめ》。雄々しい鹿の角と胴体。覇気とともに屋根から地へ降り立ったそれは、瑠璃を冷厳な目で見下ろした。

麒麟――第五にして最強の神獣が、浮世に具現化されたのである。

――まだ、動けるだろうか。

意図せず体が強張《こわば》る。やっとのことで唾を呑み下す。無闇に身じろぐことすら憚られた。まるで喉元に刃を突きつけられたかのような圧迫感だ。四神の力をことごとく取りこんだこの神獣に、そして道満に、勝てるのだろうか。

「臆するな瑠璃。我がともに戦ってやる」

黒刀から聞こえた声に、瑠璃はまなじりを決し、頷いた。

最後の戦いが始まった。

駆ける麒麟。飛雷を手に迎え撃つ瑠璃。五神獣の圧と黒刀の刃が衝突する。衝撃が波紋を成して平安宮に広がる。砂塵が舞い、一瞬にして視界を覆う。

押し飛ばされた瑠璃は宙を一回転して着地する。土煙の向こうから迫り来る麒麟の蹄。黒刀で受け流す。身を翻して麒麟の胴下へ滑りこむや、左の前足を斬る。横腹を斬る。

大気を揺るがす神獣の呻吟《しんぎん》。大きな蹄がこちらへと振り下ろされる。斜め後方へ跳びすさる瑠璃。

「左じゃ！」

黒刀から鋭い声が飛んだ矢先、麒麟の長大な尾がぶんと宙を薙《な》いだ。辛くも四つ足の間をくぐり難を逃れた瑠璃は、再び身を翻す。飛雷を前に構え直す。

麒麟の巨躯はさほど速度が出せぬらしく、素早さではこちらに分がある。とはいえ繰り出される一撃の重み、息苦しいほどの圧は想像を遥かに凌《しの》ぐものだ。

猛進する麒麟。後ろ足で立つや蹄を振りかぶる。片や瑠璃は跳びすさる。がら空きとなった胴を斬りつける。が、またも飛んでくる尾の一撃。今度は腰を落としてよける。先ほどから細かな斬撃を当てられてはいるものの、まだ致命傷には程遠い。何より懸念されるのは、

――致命傷を与えたところで、おそらく完全には倒せない。

麒麟は雄大な自然の力を具現化した存在。体力も治癒力も無尽蔵に有しているはずだ。いくら蒼流と飛雷の力を合わせられたところで、さような相手を倒しきることなどまずもって不可能である。

瑠璃は麒麟へと目を据えたまま、黒刀を握る指先に力を入れた。

――どうだ、飛雷。気配は感じられるか？

心の声を聞いた飛雷はしばらく黙した。

「……うむ。どうやらお前のひと声を待っておるようじゃな」

ならば良し、と瑠璃の胸に安堵が広がった。

頭上へ目を走らせる。吹雪の舞う上空には、風に引き寄せられて生まれた雲が浮かんでいた。荒く、分厚く、閃光を含んだ黒雲が――。

神獣の雄叫びが臓腑に響く。首を落とし、前傾姿勢を取る麒麟。厳とした眼で瑠璃を睥睨《へいげい》したかと思いきや、鹿の角を向け突進してくる。

「よけろ瑠璃！　あれを食らってはいかん！」

じりと後ずさった瞬間、しかし、瑠璃の足首をつかむものがあった。

土の手だ。見れば紫宸殿の前にて道満が掌をかざし、口の片端に笑みをたたえている。麒麟の一撃から逃げられぬようにと土を操ったのだ。

内に秘め続けてきた孤独感を看破された道満は今、頑として傷つけまいとしてきた瑠璃に対しても敵意を剝き出しにしているのだった。母神にするべく殺すことはしないにせよ、隻腕か両脚をもぎ取るくらいはもはや躊躇しないだろう。

瞬く間に肉薄してくる角の先端。貫かれればひとたまりもない。

が、瑠璃は、

「……逃げやしねえよ。お望みどおりな」

つかまれた足を踏みしめた次の瞬間、麒麟の角と黒刃が、真っ向から衝突した。

衝撃が大気に波打つ。紫宸殿の壁面は剝がれ、四方を囲む殿舎や門も揺れる。扉や屋根が木っ端微塵となり吹き飛ばされていく。

物凄まじい波動を一身に受ける瑠璃。歯を食い縛る。足を踏みしめる。左腕にさらなる力を集約させる。衝撃に耐える体の中で胸が軋み、血管が切れ、骨が折れていく感触がした。されど手足が繋がってさえいれば、風の力で動かせよう。じわりと血の味が口腔に広がるのを感じながらも、瑠璃は声を振り絞った。

「頼むぞ、飛雷！」

直後、上空に寄り集まっていた雲からカッ――と閃光が迸った。

宙を走る雷《いかずち》。麒麟の巨軀をしたたかに打つ。耳をつんざくほどの喚声《かんせい》。激しい雷に打たれた麒麟は全身を引きつらせ、天を仰ぐ。

その隙を狙い、瑠璃は麒麟の首を横一線に瞬斬した。

首が力なく滑り落ち、胴は轟音を立てて地に倒れる。神獣の覇気が、平安宮から薄れていく。

「何てことを……」

地に転がった首を見ながら、道満の顔には明らかな狼狽《ろうばい》が兆していた。だがそれも寸の間のこと、手刀を作るなり再び呪を諳んじる。

詠唱に従い麒麟の足がビクンと動く。次第に蘇っていく体軀。懸念したとおり自然の力で生まれた神獣はいかなる斬撃をもってしても倒せないのだ。しかし一瞬でも倒れたならば、それでいい。

──復活なんてさせるかよ。

瑠璃は息を吸いこんだ。

「今だ！　〝五行之陣《ごぎょうのじん》〟を！」

合図を受けて平安宮の五箇所から上がったのは、同志らの応じる声だった。

「やっとこの時が来たか。待ちくたびれたぜ」

内裏の南東。春華門。

豊二郎は折れた片腕をようよう持ち上げ、両手で印を結ぶ。

「皆うまくやれますように、どうか」

内裏の東。嘉陽門。

栄二郎は口元の血を拭うと地に片膝をつく。

「案ずることはない。陀天さまの教えを思い出すんだ」

内裏の南西。修明門。

錠吉は全身に走る激痛をこらえ、目を閉じる。

「まずは北からだ。頑張れよ、麗――」

内裏の西。遊義門。

傷ついた体に鞭打ち詠唱の姿勢を取った権三は、北の方角を振り仰ぐ。

瑠璃が発した強靭な風は、男衆に繋がれた管をも断ち斬った。そうして起き上がった四人は作戦どおり所定の位置につき、合図が来るのを待っていたのである。

それぞれ四神に負わされた傷は相当な深さであるものの、命だけは取られずに済んだ。「息の根は止めるな」――道満が四神にこう告げたのは男衆の魂も吸収してしまおうと欲張ったからであろうが、転じてこの命令が徒《あだ》となろうとは、ついぞ予想していなかったに違いない。

「天にありては、日月星辰《じつげつせいしん》……地にあ、地にありては……」

内裏の北。玄輝門《げんきもん》。

詠唱を始めんとした麗は、体中を抑えようもなく震わせていた。ガチガチと歯の根があわない。声が思うように出ない。

先ほどはどうにか勇気を振り絞って道満と対峙することができた。京から命の気配が消えていくのを察知して、居ても立ってもいられなくなったからだ。

さりとて道満の穏やかな顔が、あたかも能面のごとく冷たく豹変したのを見て、足がすくんだ。魂が奪われる危機を総身で感じ、一歩も動けなくなった。もし瑠璃が折よく目覚めなかったなら、童女は間違いなく死んでいた。

「……！」

恐怖の念が、印を組んだ手を震わせる。早く詠唱を始めなければ。黒雲の男衆も瑠璃もみな待っているのだから。そう己を急き立てるほどに、震えは強くなっていく。

「娘よ！」

空から響く声。おののく目で振り仰げば、南の方角、紫宸殿の上空から、陀天が毛並みをなびかせて飛んでくるのが見えた。

「怖いんか、娘」

問われた麗は何も言えず首を垂れる。いざという時に力を発揮できない自分が呪わしかった。陀天の大きな瞳が童女を見つめる。

されど稲荷大神の眼差しは、責めるでも叱るでもなく、温かかった。

「なればわらわが一緒に唱えてやろう。気持ちを落ち着け、己の内側にのみ集中するのや。最初がうまくいけば後も自ずとうまくいく。ええな？」

「……はい」

童女と黒狐はともに詠唱を開始した。
《天にありては日月星辰、地にありては名山大川《めいざんたいせん》。八百万《やおよろず》の神々に請う》
陀天より伝授された、魔を祓う「五行之陣」――今できうる最高峰の結界だ。四人の男衆と麗はこれを会得するためにこそ稲荷山で修行を重ねていた。
結界の核となるのは稲荷大神の神通力。そして、五人の揺らがぬ意志。
《我は〝仁〟――〝木《もく》〟の魂をもって世に愛と恵みをもたらさん》
麗がいる北の玄輝門から淡い光が生まれ出でる。光は一本の道となって豊二郎が待つ、南東の春華門へ。
《我は〝信〟――〝土《ど》〟の魂をもって世に赤誠と秩序をもたらさん》
豊二郎へと繋がった光は、西の遊義門へ。
《我は〝智〟――〝水《すい》〟の魂をもって世に知恵と潤いをもたらさん》
権三から、さらに東の嘉陽門へ。
《我は〝礼〟――〝火《か》〟の魂をもって世に恤《あわれ》みと英気をもたらさん》
栄二郎から、南西の修明門へ。
《我は〝義〟――〝金《ごん》〟の魂をもって世に大慈《だいじ》と力をもたらさん》
錠吉へと到達した光は最後にもう一度、北で待つ麗のもとへ。

果たして一巡した光の道は、輝く「五芒星《ごぼうせい》」を平安宮に描き出した。

その中心にあるのは紫宸殿――。

「五行之陣やと……？」

紫宸殿の前庭にて、道満は驚愕に声を揺らしていた。焦りに駆られた目で瑠璃を睨み、地に伏す神獣へと視線を移す。麒麟の首は未だ胴へと繫がっていく最中だ。

一方で陀天が紫宸殿の上空へと戻ってくる。黒狐の体が五芒星の中心に点を打つ。

これにて結界陣の完成である。

だが折悪しく、麒麟の首も繫がった。

「立て、麒麟！　陣を作っとる人間は五人や。全員殺せ！」

突き動かされるように立ち上がる麒麟。五人を一度に仕留めようとしているのだろう、首をそらすや、角の先端へと見る見る気を集めていく。

はち切れんばかりに凝縮された五神獣の気――しかし一瞬早く、

《天地よ神よ、我らを護《まも》り我らを保《たす》けよ。言霊《ことだま》をして世に仇《あだ》為す鬼魅《きみ》を祓い清め給え。五行之陣！》

五人が声高らかに叫んだと同時に、五芒星が炯々《けいけい》と輝いた。

目もくらむほどの強い光に道満はたまらず腕をかざす。

焔光《えんこう》のごとき輝きに当てられて、麒麟はけたたましい絶叫を上げる。次の瞬間、神獣の巨躯は宙に霧散した。

瑠璃と道満の間を隔てるものは、何一つとしてなくなった。

「行け、瑠璃！」

豊二郎の祈り。

「頼みやす、頭」

権三の祈り。

「あなたなら、必ずできる」

錠吉の祈り。

「勝って！　瑠璃さん！」

栄二郎の祈り。

同志たちの祈りが力となり、瑠璃の体から烈風が逆巻く。

熱き血潮が駆け巡る。

断髪が風になびき、着物の裾が翻る。

寿命は、あとどれだけ残っているだろう。どうか、あと少しだけでも時が欲しい。

体中を蝕んでいた痛みはもう感じない。恐怖すらも消え失せた。心の臓が刻む鼓動、呼吸、脈拍、指先に至るまでの筋の動き——まさに今、瑠璃は己の生命というものを余すことなく掌握していた。

——この一撃に、すべてを懸ける。

全身を漲る龍神の力。

もはや会うことの叶わぬ死者たちへの想い。

今もそばで支えてくれる大切な友や、同志たちへの想い。

命を賭して守ると決めた、未来への希望。

あふれ出す情動、想いのすべてを懸けて——。

地を蹴る瑠璃。青の烈風をまとい疾駆する。須臾にして道満へと迫る。狙うべきはただ一点、相手の「胸」だ。

黒刀に雷が閃く。雷は青の烈風とまざりあい、融和する。

「終わりだ、蘆屋道満！　あんたに〝未来〟は渡さない！」

魂のすべてを籠めた刃が、道満の胸を貫いた。

全体重を黒刀に乗せる瑠璃。さながら抱きあう格好になった道満の口から、言葉にならぬうめきが漏れる。鮮血が吐き出され、胸に繋がった四本の管が一本ずつ、力を失い外れていく。と、吸収された魂が胸から一挙に飛び出してきた。魂は宙を滑り、それぞれの肉体へと戻っていく。

魂の核は、胸にある――道満の日誌からこの事実を知った瑠璃は、人形も人間の肉体も核の場所は同じであろうと推した。胸を貫くことで奪われた魂を取り返し、道満を討たんとしたのである。かくて予想どおり、魂の解放は叶えられた。

しかし道満は、なお倒れなかった。

瑠璃の肩をつかむや押し返し、背中まで貫く刃をずるりと引き抜く。

「……か……終わって、なるものか……」

よろめきつつ後ずさる彼の胸には、今もまだ百瀬の三兄妹の顔が浮かび上がっていた。彼らの魂、執念が、道満の命を辛くも繋いだのか。

片や一滴残らず力を注ぎこんだ瑠璃は地にくずおれた。

――せめてもう、一撃だけでも――！

だが、これ以上はどうあっても動けない。どれだけ戦意を滾らせようとも、気力を振り絞ろうとも、肉体がそれについていかないのだ。

「はは、は……どうやら、俺の勝ちみたいやな」

不穏に笑うなり道満は手刀を作る。ぼたぼたと血を吐き、呼気も弱々しい有り様を見るに瀕死であることには間違いない。されど胸に残った三兄妹の魂がある限り、彼が倒れることはないのだろう。

くずおれたまま動けない瑠璃。道満はそれを確かめると、

《律令律令、天を我が父と為し地を我が母と為す》

禍ツ柱に呼びかける。

この期に及んで再度初めから不死の秘法を行おうとしているのだ。

《六合中に南斗、北斗、三台、玉女あり。左に青龍、右……》

が、突如、道満の目が慄然と見開かれた。

「どうな、……って……」

声が乱れたかと思いきや、体が激しく震えだす。やがて立っていることすらできなくなったのか、両膝をつく。夥しい吐血。尋常でない汗。

何が起きているのか、瑠璃にもまったく理解できなかった。だが一つ、思い出されることもある。

地獄の官吏から告げられた言葉だ。

　――生と死の理をねじ曲げる者は、よしんば生き永らえようとも、いつか必ずや反動が起ころう。それを人は〝天罰〟と呼ぶ。

　道満は生と死の理を無視し続けてきた。八百七十年もの、長すぎる年月にわたって。その反動――天罰が、今こそ下されたのに違いなかった。

「……阿呆やな。お前らは、何も知らんから俺を、否定できるんや」

　術者が力尽きようとしているからだろう、幻の平安宮が四隅から崩れていく。瑠璃の見ている前で血と汗を失った道満の体は萎《しぼ》み、小さくなっていく。なぜだか声が、段々と幼くなっていく。

　悶え苦しみながらも道満はこちらへと視線を寄越した。

「未来を何も知らんから、そないな綺麗事ばかり言うとれるんや。今から六十一年後、海の向こうから〝黒の異形〟がやってくる。それを皮切りに日ノ本には混沌の時代が訪れる。ふふ、俺の星読みは必ず当たるんや。数百年ぶりに大きな戦が起きて大勢が死ぬやろう。京にも江戸にも多くの鬼が生まれることやろう。かつてない動乱が、何もかもを呑みこん、で――」

　と、道満は視線をさまよわせる。

彼の視線の先を辿った瑠璃は息を詰めた。

ひらり、ひらりと、儚げに漂う影――雪景色にはおよそ似つかわしくない揚羽蝶が一頭、道満のまわりを舞っていたのだった。

愕然と目を瞠った道満は、そのうち、侘しげな様子で目を細めた。

「ああ、晴明……」

ささやくような彼の声には疲れと苛立ち、そして一抹の懐かしさが入りまじっているように、瑠璃には聞き取れた。

「お前はまだ、俺の邪魔をするんやな。双子ゆうんは、ホンマに……」

覇気のない言葉を漏らすや、道満の体はよりいっそう縮み、幼くなり、やがて――奇妙なるかな、最後には、小さな赤子の姿になってしまった。

――天罰。これが、そうなのか。

崩壊していく平安宮。

吹雪に溶けて消える様は、まさしく幻である。

「立つのじゃ瑠璃！　ここも今に崩れよう」

「ぐ……」

辛うじて左腕だけはわずかに持ち上げられるものの、瑠璃の両脚はまるで石と化したかのように重く、寸分たりとも動かすことができない。

　ふっ、と体が宙に浮く。いよいよ足元の地面が崩れたのだ。為す術なく遥か下方へと落下していく瑠璃——が、そこへ、

「つかまって！」

　眼下から現れたのは陀天の背に乗った男衆と麗だ。栄二郎は宙へと両手を伸ばし、瑠璃の体を受け止める。黒狐の広々とした背に横たえる。

　——終わったんだ。これで、やっと……。

　息をつくや否や、抑えこんでいた激痛が全身を駆け抜ける。疲労がどっと心身に押し寄せてくる。

　崩れゆく幻の平安宮を下より眺めれば、小さな輪郭が、生身で宙に放り出されるのが見えた。

　か細く泣き声を上げる、赤子の輪郭が。

　満身創痍の体を横たえたまま、瑠璃は、地へ落ちていく赤子を無言で見つめた。

八

戦いは終わった。

塒に満ちる平穏な静けさを噛みしめながら、布団に横たわった瑠璃は長息を漏らす。枕そばにあるのは飛雷の姿だ。常と同じく黒蛇の姿になった飛雷は、何を言うでもなく瑠璃に寄り添っていた。

ふう──と吐き出した呼気が、疲れなのか、安堵なのか。はたまた体内に未だ残る痛みによるものなのかは瑠璃自身も判然としない。あるいはもっと別の何かが、深い嘆息に込められているのだろうか。

蘆屋道満との決戦から、十日が経っていた。

昏倒から起き上がった京びとの間では当然、様々な混乱が生まれた。何ゆえ太陽が隠れてしまったのか。あの禍々しい気の渦は何だったのか。なぜ一人残らず気を失っていたのか。曖昧な意識の向こう側に聞いた、勇ましい掛け声や、駆けまわる足音は、誰のものだったのか。

真相を知る者は誰もいない。これからもずっと。しかし人々を助けた当の妖や狐たちは、それで構わないと声を揃えて言った。みんな助かった。それが何よりなのだから、と。

一方、黒雲の五人が負った傷は極めて深刻であった。四神と相対した男衆はそれぞれ全身の打撲に骨折、裂傷。只ならぬ痛みを押して結界陣を張ることができたのは奇跡、もしくは彼らの気力の為せる業《わざ》だったという他あるまい。そして道満と相対した瑠璃であるが、こちらは目に見える傷がさほどないとはいえ体内の損傷が並でなかった。蒼流の風を究極の域まで発生させた影響で、神経、また五臓六腑の深部にまで傷が入り、今なお満足に立ち上がることができない状態だ。そのため露葉や稲荷山から戻ったひまりが、五人に対し懸命な看病を続けていた。

「瑠璃、起きとる？」

天井を見つめていた瑠璃はふと視線を横にずらす。

階段を上がり寝間へとやってきたのは、麗だった。

「そろそろ薬湯《やくとう》を飲む頃合いやさけ、露葉に作ってもろたえ。どう、起きれそ？」

「ああ……」

童女の手を借りながら、瑠璃は何とか布団の中で上体を起こす。ほんの少し動くだけでズキ、と全身が悲鳴を上げるのだからたまらない。風の代償は事前の予想を遥かに上回っていた。

麗は瑠璃の背を支え、薬湯が入った湯呑を口元で傾けてやる。童女の面差しは見るに不安げだ。

「平気？　ゆっくりでええかんな」

「ぼええ、苦ぁ」

「あかんよ残しちゃ。早くよくなるには苦い薬も頑張って飲まな。ほら、全部や」

「はい……」

思いのほか手厳しい童女に見守られて、瑠璃はどうにかこうにか湯呑を空にする。

二人の様子を眺めていた飛雷はしたりげだった。

「くくく。向こう気が強いお前も、どうやら麗にはかなわんらしいな？　そうしておるとどちらが幼子かわからんわい」

「気まぐれ龍神め、やっとこさ復活したと思ったら減らず口まで元どおりか。いや気にしなくていいんだ麗。ありがとな、お前さんも疲れてるだろうにずっと看病にまわってくれてさ」

「こんなん、別に大したことやあらへんよ。ウチは皆みたいに怪我もしてへんし、それに戦いの時かて――」

と、麗は語尾を細らせた。

きっと麗は自分に何ができるかを幼いながらに模索し続けていたのだろう。ゆえに傷を負った瑠璃たちと無傷の己を比較して、自分は本当に役に立てたのかと、無力感を覚えたのに違いない。

瑠璃はうなだれる童女の頬に手を添えた。

「亡者と戦ったり、神獣と戦ったり、目に見えてわかりやすいことだけが戦いじゃないよ。お前さんが道満と真っ向から対峙していなかったら、わっちの心は死んだままだったかもしれない。そもそも五行之陣だってお前さんがいなきゃ張れなかったんだ。わっちらはな、麗。お前さんがいたからこそ勝てたんだ」

だから、胸を張れ。

この言葉に麗はゆっくりと顔を上げた。

「お前さんは立派に、勇敢に戦った。男衆もわっちと同じ意見さ。ありがとうな麗。黒雲と一緒に戦ってくれて、ありがとう」

瑠璃の表情や声音から、単なる慰めなどではないと感じ取ったのだろう。

「……うん」

童女はどことなく、嬉しそうに頷いた。

その時、不意に窓際から声が上がった。瑠璃と麗は視線を転じる——二人して、複雑な面持ちを浮かべながら。

声の主は小さな赤子だ。産まれて間もないように見える男の赤子が、窓際に据えられた座布団の上で泣き声を上げているのだった。

崩れゆく幻の平安宮から退避せんとしたあの時。

栄二郎に助けられ黒狐の背に仰向けとなった瑠璃は、遠くなっていく意識の中で、道満の変貌した姿である赤子が宙に放り出されるのを見た。そして——なぜだか理由は説明できぬのだが——気づいた時には辛うじて動く隻腕を伸ばし、落ちてくる赤子を抱き留めていたのである。

見捨てていれば赤子はあのまま落下し、地に叩きつけられて死んでいただろう。道満を完全に倒しきることを考えれば、彼がこれまで犯してきた数々の罪を思えば、いくらでも無視できた。それなのに、できなかった。左腕が己の意思とは関係なく動いてしまったのである。

おもむろに、麗が腰を浮かす。窓際へ歩み寄ると、布にくるまれた赤子をおそるおそる抱き上げる。再び瑠璃の布団横へ戻ってきた童女は黙したまま、何とも言えぬ表情で赤子を眺めていた。

「……麗、怒ってるか？　道満を倒すって約束しあったのに、最後の最後で助けちまって」

「わからへん」

そうつぶやいたのも束の間、麗は慌てた風に首を振った。

「誤解しんといてな、瑠璃のことは怒ってへんよ。でも道満さまのことは……こないなこいややになられてもうたら、怒ってええんかどうか、微妙やんな。ウチらの怒りはどこにやればええのんやろか」

薬湯と一緒に持ってきていたのだろう、麗は重湯《おもゆ》入りの薄布を、そっと赤子の口へあてがう。

ぎこちない所作は童女の迷いをそのまま表しているかのようだった。対して赤子は麗の手をつかみ、静かに重湯を飲んでいた。そこに邪念や悪意といったものは一片も感じられない。

――戦いの終わりがまさか、こんな形になるなんてな。道満、あんたって奴はとことん、ずるすぎるよ……。

この小さな赤子に向かって、今までの悪行を償えと糾弾すべきなのか。

はたまた怒りを呑みこんでしまうべきなのか。

一体この赤子を、どうすればよいのだろう。答えが出ないのは瑠璃も同じだった。

さておき、見出せた答えも一つある。

「あのさ、麗。今後のことなんだが――」

宝来の民たちは今ごろ無事に江戸へ辿り着いているだろう。黒雲の面々も回復し次第、麗を連れて江戸に帰るつもりだ。京から危機が取り除かれた以上、本来なら宝来は京に戻ってもよい。さりとて「ぬっぺりぼう」なる異名をつけられ再び迫害の憂き目にあうことを思えば、江戸に留まる方がやはり賢明と言えるだろう。

が、ただ差別から逃げるのではない。

「江戸で何をするべきか思いついたんだ。あんまり言いたかないが、道満の桃源郷から着想を得たっちゃあ、得たような……」

悔しげに口をすぼめてから、瑠璃は言葉を継いだ。

「滝野や宝来と同じで、江戸にも虐げられる人たちがいる。大体は江戸の外れで牛や馬の皮をなめす生業をしてるんだが、みんな貧しくてな。その人らも引きこんで新しい〝連《れん》〟を作るのさ」

「連、って何？」

「団体とか仲間って意味だよ。ほら、狂歌連《きょうか》とか聞いたことないかい？　講《こう》の方が意味あいが近いかもだけど、できるだけ堅苦しいものにはしたくなくてね。それぞれ住む場所や職が違っても、同じ境遇の者同士、同じ志を持つ者同士、大事な時には集まって、困ったことがあれば助けあう。理不尽な目にあったら、連の皆で声を上げておかしいと訴える。独りじゃ臆してできないことも、誰かと一緒なら、きっとできると思うんだ」

言いつつ瑠璃は、枕元の黒蛇へ視線を送った。

いかに高い壁であろうとも、誰かが一緒にいてくれたならそれだけで乗り越える力となる。知恵を出しあい、勇気を与えあうことができる。差別を仕方のないことと諦めてしまっている者たちも、集まれば必ずや大きな力になるはずだ――瑠璃が絶望の淵にあっても、男衆や妖たち、そして飛雷から力をもらい、決戦を乗り越えられたように。

道満の唱えた桃源郷は同じ血筋、同じ思想の者で構成されるはずだった。結束力という点を鑑《かんが》みればなるほど強固な集団となっただろう。片や瑠璃が唱える「連」は、血が繋がっておらずとも、同じ志を持つ者たちによって構成される。事を成し遂げるにあたり、人と人とが結束するために血縁は必ずしも必要ではないと、瑠璃は身をもって知っているからだ。

もちろん課題は多いだろう。厄介なのは幕府の厳しい視線をどういなすかだが、かつて黒雲がどれだけ幕府に貢献したかを示せばさほどうるさいことは言われないはず。他にも江戸で虐げられる者たちの賛同を得られるか、どこに寄合所を建てるかなど考えるべきことは山積みだ。

何より困難なのは、いかにして世に差別の不条理を訴えるかである。

ただ単に声を上げるだけでは差別はなくならない。それは残念だが歴史が証明してしまっていることだ。道満の言葉を借りるなら、「人間の本質は時代を経ても変わらない」——今後もそうかもしれないし、身分制度がまったくない原初の時代に遡りでもしなくば、差別の撲滅は不可能とも考えられる。

「この時代に生きて、次の時代を作っていくからにはやり方を変えなきゃならねえ。だから新しい連には日ノ本の〝英雄〟となってもらう」

「英雄……？」

どういうことかと首を傾げる麗。一方で瑠璃はニッと片笑んでみせた。

「連の中でとりわけ剛《ごう》の者に、黒雲を継いでもらうのさ」

初代から瑠璃たち四代目に至るまで、黒雲は世に正体を隠し続けてきた。そこには元々の依頼者である将軍や根城であった吉原の土地柄など、種々の事情が絡みあっていたのだが、今となっては問題でない。

「次の五代目からは正体を隠すことなく活動する。世間に黒雲っていう組織の存在、黒雲を構成するのが虐げられる民だってことも明らかにするんだ」

世間に恩を売るためではなく、虐げられる民も紛うことなき社会の一員であると、理解してもらうためである。

「黒雲の五代目、かあ。それで人助けをしとったら、いつかウチらも認めてもらえるんかな。滝野も、宝来も、世の中の大多数と同じ人間なんやって」

どうやら麗は瑠璃が以前述べた言葉を覚えていたらしい。

が、当の瑠璃は、一転して言葉に迷ってしまった。

「悪い麗。前言ったこと、訂正させてくれないか。実は道満とやりあってから考えが変わってさ……道満の奴、わっちにこう言ったんだ」

――突き詰めれば人間は皆同じなんやから、差別なんてするんはただの傲慢や。

「奴の日誌にも似たようなことが書いてあったよ。正直、わっちも同感だった。けれど道満との戦いが終わった今、思うんだ。世の中に同じ人間なんて、一人もいない。だから争いが起こると言われりゃもっともだが、〝皆違う〟からこそ、支えあって生きることもできるんじゃねえかな」

互いに違うからこそ人は切磋琢磨《せっさたくま》し、よりよい世を作っていけるのかもしれない。異なる人間同士であればこそ、他者を気遣い、慈しみ、足りない部分を補いあうことができるのだろう。

ただ現実、人は何かにつけて異質な存在を忌避したがる。鬼も、妖も、下層民も。それが人間の性《さが》であることは否めない。よって瑠璃たちが目指すべきは、「〝皆同じ〟じゃなくて〝皆違う〟──それが広く認められる世の中になればいい。わっちはそう思うんだが、お前さんはどうだい」

「……うん。ウチもそれがいいと思う。だってホンマに大事なんは〝相剋《そうこく》〟やなくて〝相生《そうしょう》〟やもんね」

まだ十三だというのにずいぶん難しい言葉を知っているものだ。瑠璃は思わず舌を巻いた。

麗いわく、「相剋」とは打ち消しあうこと。木火土金水の五行において木は土の養分を吸い、土は水をせき止め、水は火を消し、火は金を溶かし、金は木を切り倒す。こうした対立構造を相剋という。

対照的に「相生」とは、文字どおり生かしあうこと。木は燃えて火を生み、火は灰となって土を生む。土が集まった山は金を、金は腐食して水を生み、水は木を大きく生長させる。季節が春から夏、秋、冬、と巡っていくように、万象が秩序をもって繋がっていくことを相生というのである。

「道満さまがずっと前に言うてはった。打ち消すんやなくて、生かしあい、循環していくことが陰陽道の肝なんやて。陰と陽かてそうや。陽があるから陰が生まれるし、陰があるから陽が引き立つ」

——もしかしたらこの世の生き物も、人間も、それと同じなんかもしれへんな。なあ麗、おまはんもそうは思わへんか。

「道満が、そんなことを？」

してみれば道満自身も、異なる者同士だからこそ互いに慈しみの精神を持てると、心底では理解していたのかもしれない。やはり彼は生まれながらに冷酷非道な男ではなかったのだ。

麗の話を聞いた瑠璃は、返す返す残念に思えてならなかった。

──たかだか二十数年しか生きとらん小娘が、知った風なことを……！

──ずっとどこか他人行儀だったあんたの素が、あの時やっと見られた。

視線の先にいる赤子は、麗の腕に抱かれていつの間にやら眠りについていた。

──もし、出会った時からああやって腹を割って話してくれてりゃ、一緒に未来を語りあうことだってできたかもしれねえのにな……。

そう、ひっそりと嘆息した時だ。

突如として、寝間に満ちる気が変化した。

窓の方から放たれる黄金の光。瑠璃と麗はまぶしさにたまらず目をつむる。道満が倒れたことで怪異はすべて収まったはず。邪気は消え、禍ツ柱も消滅した。にもかかわらず、この上何が起ころうというのか。

間を置いて目を開けた瑠璃は、一瞬、呼吸が止まった。

「何でここに……！」

どこからともなく現れたのは、牛馬の面を着けた三人の獄卒。黄金の光は中心の一人が抱える楕円形の鏡から放たれているのだった。

このまばゆい光を、忘れるはずもない。

「見事に京を救うたか。東《あずま》の謡《うた》い女《め》、瑠璃よ」

果たして鏡の中から聞こえてきたのは、地獄の官吏、小野篁の声であった。

「地獄より一部始終を見ておったぞ。亡者どもはみな地獄へ戻り来、閻魔大王もいとお喜びにおわす。褒めて遣わさん」

瑠璃から地獄の話を聞かされていた麗も相手がいかなる人物か理解したのだろう、いきおい全身を強張らせていた。

されど、と篁の声が不穏に揺れる。

「解《げ》せぬのは、何ゆえ道満が未だに生きておるのかということ」

「それは――」

「まあよい。その赤子は地獄へ連れていく」

予期せぬ言に瑠璃は動揺した。

地獄の恐ろしい情景が一瞬にして蘇る。溶岩の煮える辣獄《らつごく》が第四房。責め苦に絶叫する亡者たち。気の触れた亡者が不気味な川となる流獄《るごく》――どのような処遇が赤子を待ち受けているか、想像するだけで肌が粟立《あわだ》った。

篁の命を受けた獄卒が無言でこちらへ近づいてくる。麗の腕の中で眠る赤子にぬっと手を伸ばす。すると童女は、瑠璃も予想外の行動に出た。

背を丸め、両腕に力を入れ、身を挺して赤子を庇《かば》う姿勢を見せたのである。これを目にした瑠璃は、

「お待ちください！」

体に鞭打って立ち上がるや、神経がビキビキと疼き、全身の筋が激しく痙攣した。

「おい瑠璃——」

飛雷の案じる視線を感じながらも、瑠璃は激痛をこらえ、獄卒と麗の間に割って入った。

「……それは一体、どういうつもりや」

篁の声が身を刺すようだ。

「僭越《せんえつ》ながら、地獄に堕《お》ちるということは死して罰を受けるということでございましょう。お願い申し上げます篁卿、この赤子を連れていかないでください」

「何を今さら。汝《な》もとくとわかっておろう、蘆屋道満がどれほどの罪を重ねてきたかを。数多の命を奪い、利用し、生と死の理すらねじ曲げ続けてきた。天網恢恢疎《てんもうかいかいそ》にし

て漏らさず。道満の罪は、必ずや地獄で償われねばならぬ」

鏡の内側から響いてくる厳粛な声に、本能がおびえ震える。それでも瑠璃はその場をどこうとしなかった。

なぜ、赤子となった道満を助けたのか。

その理由が今わかった。

――ひまりのややを取り上げたこの左手で、落ちていくややを見殺しにするなんて、わっちにはできなかったんだ。

「道満は罰を下されて然るべきことをしました。きっと裁きを受けなければならない。それはむろん、心得ております。かく言うわっちも戦いが終わる瞬間まで奴の息の根を止めようとしていました。さもなければ京を救えないだろうと……道満を殺すことでけりをつけなければと、思っていました」

不死の犠牲となり死した者たち。「大好きだ」と言ってくれた長助、「生き抜け」と言ってくれた白のためにも、道満が為した所業を許すことなどできるはずもない。何としてでも仇《かたき》を取らねばならない。そう思っていた。

「なればなおさら、止める理由もあるまいて」

「ですが道満は今や非力な存在。生命の始まり、無垢な赤子に立ち返ったのです。この赤子に邪な想念がないことはあなたさまも感じておいででしょう？　抵抗も何もできぬ赤子を憎しみに任せて差し出せば、わっちはそれこそ本当の鬼になってしまう。地獄の本懐も同じではないのですか。罪の自覚もない赤子を連れていき、罰を与えることに、果たして意味はあるのでしょうか」

「汝は甘いな。本懐うんぬんの問題やない、道満は本来の寿命をとうに終えておる。よって死するのが筋。地獄で裁きを受けるのが筋」

「篁卿！　わっちは――」

「話は終わりや」

またも獄卒たちが動きだした。牛の面を着けた獄卒に押され、よろけた瑠璃は畳に力なく倒れこむ。馬の面を着けた獄卒が麗へとさらに手を伸ばす。赤子を抱えたまま震える麗。しかし瑠璃は痛みで立ち上がれない。

その瞬間、

「どうしてもと言うならば、我が相手になろう」

「……龍神、飛雷どのか」

瑠璃に代わって麗の前に陣取った黒蛇は、眼光鋭く獄卒たちを見据えた。龍神の圧にひるんだのか、獄卒の動きが止まる。

いたのだ。

「飛雷どの、貴殿《きでん》も道満に命を狙われた御身に候《そうら》わん。然らば、なぜ」

「瑠璃が嫌だと申すからじゃ。それ以外に理由などいらぬ」

毅然《きぜん》とした弁に、図らずも胸が詰まった。黒蛇は言わずとも瑠璃の心の内を酌んで

――恩に着るよ、飛雷。

覚束ないながらも再び立ち上がると、瑠璃は飛雷と並んで鏡に向きあった。

「篁卿、わっちは思うのです。道満は心の深層で、死を望んでいたのではないかと」

「死を……？」

「ええ、本人は断じて認めなかったでしょうが」

ちらと黒蛇を一瞥する。

道満の望みと飛雷の望みは、深い部分で同じだったのではないか――今ならば確信を持って言える。道満は、死にたかったのだ。

彼の日誌には自害衝動と思しき記述がいくつも散見された。サチと出会った時も然り、彼女を殺めてしまった時も然り。道満は過去に何度も死の衝迫に突き動かされ、自ら命を絶とうとしていた。

長く生きれば生きるほど達観していくのは、妖たちや陀天、そして飛雷を見れば明

らかだ。妖は人間よりも死を恐れず、神は妖よりいっそう死を恐れない。しかし長命であることには疲弊と慨嘆がつきものである。飛雷は長すぎる生に倦《う》み、死にほのかな憧れを抱いた。同じく道満も八百七十年もの時を過ごすに従い、生きることに辟易していた。その点、彼は人間より妖や神に近い存在になっていたと言えよう。

——でも結局のところ、道満は人間にも、妖にも、ましてや神にもなりきれなかったんだ。

常人であればどれだけ恐怖に駆られようとも死の運命を受け入れるしかない。だが道満はなまじ半妖として力を持ち、かつ陰陽師として生き永らえる知恵を有していたがゆえ、いつまでも死にたくないとおびえ続けた。そうして心の奥深くに芽生えていた本当の望み——もはや何もかも終わりにしてしまいたいという願望から、目をそらし続けたのである。

「わっちは道満の考えを間違っていると否定したかった。他者の屍を踏みつけて不死になるなんて、空しさを埋めるために桃源郷を作るなんて絶対に間違っていると。ですが、道満の命そのものを否定したかったわけではありません。奴が赤子になったのを見た時、これが本当に〝天罰〟なのか、死こそが罰にふさわしいのではとも思いましたが……道満が死を望んでいたと考えれば道理。赤子に戻って生き直すことは、奴にとって一番の罰たりえるからです」

　どうか、と瑠璃は語気を強めて懇願した。

「お頼み申します篁卿。浮世の万事を把握するあなたさまもご存知なのではありませんか？　蘆屋道満という男の人生を」

　道満は元々、善人と呼ぶに値する男だった。鬼の哀しみや苦しみに共感できるほどの、思いやりの心を持っていたのだ。しかし彼は死ぬべき時に死ねなかった。結果として死の恐怖に追われ続ける羽目になり、恐怖はやがて思いやりの心すらも凌駕して、彼自身を深い孤独へと追いやった。

　どれだけ長く生きようとも、どんなに強い力を有していようとも抗えないもの。それが孤独だ。

　――ただ生きるだけなら独りでもできる。けど、そこに心はない。道満はどの時代にも確たる居場所を見つけられなかった。孤独でさえなければ、悪の道から抜け出せたかもしれないのに。

　自業自得と言ってしまえばそれまでだが、瑠璃はどうしても、道満の人生をそのように切って捨てることができなかった。心が健やかにあるためには誰かの存在が欠かせない。支えあえる存在が。瑠璃にとってのそれが、黒雲の男衆であるように。

「この赤子はわっちら黒雲が責任を持って育てます。あなたさまから悪人はなぜ悪人になるのだろうと問いかけられた時、わっちはお答えすることができませんでした。唯一わかるのは〝誰と〟〝どう生きるか〟が善悪の分岐点になるということくらい。ですからどうか、この赤子のまったく新たな人生をもって、問いへの答えとさせてはいただけないでしょうか。悪行を尽くした蘆屋道満が赤子に立ち返ってどう生き直すのか、どんな大人になりどんな心延《こころば》えとなるのか、見守ってやってはいただけないでしょうか」

瑠璃の横では飛雷が厳然と鏡を見つめ、うずくまっていた麗も怖々と視線を上げる。童女の腕に抱かれた赤子は、かような状況にもかかわらず、すやすやと安らかな寝息を立てていた。

ひまりの子が産まれる瞬間を見届けた瑠璃は、赤子の小さな体に無限の可能性が詰まっていることを知った。悪となる可能性、善となる可能性。他者の想いを踏みにじる大人になる者もいれば、誰かのため心を砕く大人になる者もいる。そして道満は、今、その出発点にいる――。

「……大王が任を果たし、瑠璃、汝は京を救った。その働きに免じて此度は退こう」

やがて鏡から聞こえてきた言に、瑠璃はいきおい愁眉《しゅうび》を開いた。が、

「くれぐれも忘れるな。見逃すのは一度きり。今後、その赤子の行いに少しでも過ちあらば問答無用で獄卒を遣わす」

いついかなる時も地獄より見ていることを、肝に銘じるように。

重々しい言葉を最後に黄金に輝く鏡は消え、続けて獄卒たちの姿も霞のごとく消え去った。残された瑠璃たちは吐息をこぼしつつ互いを見やり、赤子を見やり、

「これで、よかったんだよな……」

と、ほんの少しだけ、頬を緩めた。

九

「えー、んんッ。それではお集まりいただきました妖の方々、狐の方々、杯《さかずき》をお手に。あ、いや、四つ足の奴らはそのままでもいいぞ。改めまして、先の決戦では皆さまに多大なるご尽力を賜り、誠にありが……」

「長《なげ》ェんだよ油坊！　それ野郎ども、めんどくせえ話は抜きだ！　今宵は呑んで呑んで呑みまくるぞォ！」

「わあああいッ」

決戦から二月《ふたつき》後。

がしゃの発声を合図に、勝利の大宴会が始まった。

夜の神泉苑《しんせんえん》に集うは江戸の妖に京の妖、稲荷狐。いずれも過酷な決戦を駆け抜けた功労者たちである。

負傷から回復した瑠璃たちは彼らに感謝の意を示すべく宴を催そうと思い立ったも

のの、千の妖軍、万の狐軍が一堂に会することができるような場所はそうそうない。そこへ助け舟を出したのが安徳だ。何でも二条城の南に面する神泉苑は東寺の霊場であるらしく、老僧は権大僧正《ごんのだいそうじょう》という立場をもって鶴の一声を発し、一晩だけ神泉苑を貸し切りにしてくれたのだった。

大きな法成就池《ほうじょうじゅいけ》を擁する神泉苑は池の中ほどに善女龍王社《ぜんにょりゅうおうしゃ》、周りは社殿や草地に囲まれており、古く平安の時代には帝や貴族らがこぞって遊覧に訪れたという。むべなるかな、清閑に水をたたえる池、池に架かる朱色の法成橋、そして緑の木々が織り成す苑内の景色は、さながら京の風雅をひとところに凝縮したかのよう。ことにこの時期、見目麗しいのは桜であった。

神泉苑は花見の発祥地ともいわれている。池のほとりに立ち並ぶ桜は今が折よく満開の見頃だ。淡い薄紅色が月明かりにほんのり浮かび上がる様を見れば、誰しも感嘆のため息をこぼさずにはいられまい——もっとも妖や狐はどちらかと言うと、「花より団子」らしかったが。

「はい河童の皆さん、三色団子をどうぞっ」

「おおきになァお恋。配ってばかりおらんとおまはんも食べやあ」

「じゃあ遠慮なく一つ……」

と、河童から差し出された一串を頬張るなりお恋は目を剥いた。

「おいひいぃッ。何でしょう、このムチムチとした食感にほのかな甘みが絶妙にあわさって、まるで、まるで……まるで、お団子！」

「そりゃ団子やもんな」

ある者は草地に毛氈《もうせん》を敷いて。またある者は池に舟を浮かべて。妖も狐もみな大いに食い、呑み、そしてはしゃぐ。

「さあさあ皆の衆、とくとご覧じろ《ろう》！　これぞ真の〝こま回し〟なのだ！」

狛犬は声高らかに口上を述べるやぴょん、と草地から跳び上がる。すでに髑髏が開いていた唐傘――これも付喪神である――の上で体を丸める。

「ぬあ、意外と重《おめ》ぇな……」

「いいから早く回すのだがしゃどの、落ちちゃうからッ」

「ぬうこの、よっ、ほっ！」

軽快な声とともに髑髏がぐるぐる傘をまわせば、傘の上で狛犬もぐるぐるまわる。

この余興を見た稲荷狐たちは歓声を上げた。

「おおお、確かにこま回し」

「紛うことなきこま回しや」

「ええぞォ、もっと速くっ」

「おらおらァァ！」

「いや目が……拙者の目も、ぐるぐるなのだ……」

こまが弱り声を上げるさなか、やや離れた場所では大きな酒瓶を抱えた油坊が、陀天のこれまた巨大な杯になみなみと酒を注いでいた。伏見の霊水を用い、京の妖たちと協力しあって造った京製の美酒である。

「つとっと、その辺で。ほれ、そなたらも呑みよし」

「そんなら俺らもご相伴《しょうばん》にあずかるとするか。な、露葉」

「いいわねえ。じゃあ飛雷も一緒に」

言うと露葉は、陀天と「神談議」に花を咲かせていた飛雷へ杯を差し出した。傍らの妖狐が、何やら物欲しげな顔をしているのを感じながら。

「宗旦もどうだえ？　お酒、呑みたいんだろう？」

「お、おいらもええのっ？」

もちろんと返す露葉に尾を振ったのも束の間。

「待ちや宗旦、お前は呑んだらあか――」

陀天が慌てて止めたのだが、遅かった。杯の酒をひと舐めした妖狐はきゅう、と細い声を上げるなりその場にひっくり返ってしまった。どうやら妖には珍しく下戸《げこ》だったらしい。「あちゃあ」と天を仰ぐ陀天。目をまわしてはいるものの、宗旦の顔は、心持ち満足そうにも見えた。

妖や狐が宴に酔うさんざめき。馥郁《ふくいく》と香る酒に美味なる肴《さかな》。暖かな春の夜風。楽しげな笑い声が神泉苑に満ちて桜の花びらを揺らすようだ。

さりとて主催者である黒雲はといえば、未だ寸分たりとも腰を落ち着けることができないでいた。

「おうい瑠璃はん、俺たちにもお団子をくれよう」

「はいはい団子な、落っことさねえよう気をつけて持ってけよ。栄二郎、追加で銚子《ちょうし》四つだ。向こうで待ってる天狗の舟に渡してくれ」

「わかった、四つね！」

「ところで錠さんはどこ行った？　このクソ忙しいのに膳《ぜん》を持ってったきり帰ってこねえんだが」

「ああ、あっちでろくろ首の姐《あね》さんに口説かれてたよ。いい男だねえって」

「…………」

池のほとりに陣取った黒雲の五人は、続々と告げられる酒や肴の注文を捌くのにてんてこ舞い。何せ招いた数が数である。おまけに今宵の招待客の中にはやたら健啖家《けんたんか》が多く、追加で料理を供してもまだまだ足りないと言ってくるのだった。

「くうう、作っても、作っても、終わらねえ……ッ」

瑠璃たちが配膳に奔走する傍ら、豊二郎は櫃《ひつ》から人参や椎茸をまぜこんだ酢飯をすくっては、甘辛く煮た油揚げの中に詰めていく。稲荷寿司を作るため用意した油揚げは上方《かみがた》の趣向にあわせて三角形だ。一方、隣に立つ権三は黙々と料理を折箱に盛りつけていた。筍《たけのこ》や蕨《わらび》の炊き合わせ。蛸《たこ》の桜煮。殻付きのまま照焼きにした車海老《くるまえび》。ふわふわに仕上げたかすてら玉子。彩りも豊かな花見弁当である。

酢飯をすくっては詰め、またすくっては詰め、と繰り返しているうちに、豊二郎は訳がわからなくなったらしい。

「とにかく詰めて、すくって、詰めて、すく――」

「待て豊、よく見ろ！　その油揚げ、穴が空いてる！」

「はッ」

これでは詰めても詰めてもきりがないだろう。正気づいた豊二郎に対し、権三は疲れ顔で肩を落としていた。

とはいえ豊二郎がおかしくなるのも無理からぬこと。振る舞われる料理はほぼすべて、彼と権三が丸二日かけて寝ずに準備したのだから。

むろん最初は他の三人も手伝おうと意気ごんでいた。が、いかんせん瑠璃は片腕かつ絶望的に不器用ゆえ、出来上がった稲荷寿司は――本人にとって満足の仕上がりであったことはさておき――歪としか言いようのない代物。錠吉は几帳面すぎるがゆえきっかり均等に酢飯を詰めようとして時間がかかりすぎ、栄二郎は栄二郎で芸術家肌なものだから、新しい稲荷寿司の形を考案しようといつの間にか作業そっちのけで油揚げと睨めっこする有り様だった。

「しっかりしてくれ豊。こと料理に関しちゃお前だけが頼りなんだぞ」

「そ、そうだよな、すまねえ権さん。栄や錠さんは百歩譲っていいとして、瑠璃の稲荷寿司なんか出した日にゃ陀天さまから大目玉を食っちまうもんな」

「おいこら、聞こえてんぞ！」

豊二郎の陰口に悪態をつき返しながら、瑠璃はふと、反対側のほとりへと視線をやった。

池の向こう側にあったのはひまりと麗の姿だ。ひまりは自身の娘を、麗は男の赤子をせがまれるまま妖たちに見せている。

案の定、赤子となった道満に妖たちはみな戸惑いを隠せずにいたが、

「おやまあ、何ちゅう小こい手や。これが元は悪の親玉やとは……」

「ちと触ってみぃ、ふにふにしとるえ」

川熊に促された百々目鬼《どどめき》はおっかなびっくり、赤子の手をつん、とつつく。

「わ、つかんだ！　あはは、こっちが笑ったら笑い返してくるえ。なんやえらい可愛《かい》らしなァ」

「ああ、いじらしなァ」

妖は恨みを残さない。

黄泉で聞いた白猫の弁は、実に的を射ていた。

――白も、長助も、わっちの判断に納得してくれただろうか。

道満が生き直すことに、賛成してくれただろうか。

そうであってほしい。きっと、そうに違いない。亡き友らへと思いを馳せ、瑠璃はふわりと眉尻を下げた。

〽天女はふたたび天降り　天女はふたたび天降り
　さしも心に懸けし花の
かつらもしぼむ涙の雨より　散りくる花を慕ひゆけば

天上にてこそ栄花《えいが》の桜

散れども枝に　のこりの雪の　消えせしものを花の齢……

風に漂う三味線の音色。満天の星月。爛漫に咲く桜の枝ぶり。池に映った星明かりの上に、ひら、と花びらが舞い落ちる。

京の妖たちが口ずさむ能楽「泰山府君」の一節が耳に届いた。桜の儚さを惜しむ民。その願いに感応するがごとく舞う天人。生死を司る神、泰山府君も花の寿命を延ばすべく浮世に降臨する――めでたくも、どこか切ない調べである。

春の酒宴に酔いしれる者たちは次第に満腹となり、黒雲の五人もようやく一息つけるようになった。

「ちょいと休憩しような。皆お疲れさん」

毛氈に足を崩して座った瑠璃は、心地よい疲れを感じながら改めて神泉苑を見巡らした。苑内にあふれる美しい自然を見ていると、熾烈な戦いが遠い昔のことか、はたまた夢か幻のように思えた。

――道満が力を失って、四神相応の結界も、完全に消えちまったんだよな……。

四神の力を集めた禍ツ柱が消滅したということは、四神の力も同時に霧散してしまったと考えて相違ないだろう。

されど四神の源である「自然」は、決して消えることがない。大地は植物の種を受け止め、雨風や雪を受け止めては、豊かな実りをもたらしてくれる。川や池は生き物の喉を潤して、魚や水鳥たちの住み処となる。まさしく「柳は緑、花は紅《くれない》」——万象には個々の理が備わっており、人の手が加わらぬそのままの姿こそが美しい。

四神の結界が消えようとも、山紫水明の自然はいつまでも京にあり続けるのだ。静かに死を見つめ続け、やがて生まれる新たな命を育んでくれることだろう。

——いつまでも、永遠に。

そう思うと、少し救われる心地がした。

瑠璃は毛氈に車座となった男衆を見まわす。

「皆もありがとうな。道満の件、呑みこんでくれてさ」

すると錠吉が軽く首肯した。

「どのみち俺たちも同じ判断に至っていたでしょうからね。いくら敵であろうとああして赤子になられたんじゃ、やむを得ません」

「ああ、まったくだな。それはさておき瑠璃さん、道満の〝予言〟は、どう捉えたものですかね？」

そう尋ねてきた権三自身、思案げに眉根を寄せていた。

道満が最後に放った不吉な予言。あれは一体、どういう意味だったのだろう。

——今から六十一年後、海の向こうから〝黒の異形〟がやってくる。それを皮切りに日ノ本には混沌の時代が訪れる。数百年ぶりに大きな戦が起きて大勢が死ぬやろう。京にも江戸にも多くの鬼が生まれることやろう。かつてない動乱が、何もかもを呑みこんで——。

「黒の異形」とは何なのか。

なぜそれが日ノ本に動乱をもたらすというのだろうか。

委細は皆目見当もつかないが、思うに道満は、日ノ本を桃源郷として作り直せば戦も起こりようがなくなるのに、と訴えたかったのだろう。

「ともあれ道満の星読みが的中するのは事実だ。何たってわっちの上洛の日にちまでずばり予見してたくらいだからな。それに、あの場で嘘やはったりをかます理由もないだろう」

「京にも、江戸にも、また鬼が……」

男衆は揃って表情を陰らせた。せっかくこれまで血反吐《ちへど》を吐きながら江戸の鬼を浄化しきり、京の怪異まで祓ってみせたというのに、今度はどんな事態が待ち受けているというのか。惜しむらくは道満に委細を問い質せなかったことだ。当然、赤子となった今の彼に聞いたところで無駄なのは言うまでもない。

「あのややに蘆屋道満としての記憶が残ってるのかどうかも、成長してみないことにはわからないしな」

と、瑠璃は己の膝に目を落とした。

「本当ならわっちが育てるって言い切るべきだったんだけど、ごめんよ。篁卿には下手なことを言えないと思って、わっちら黒雲が責任を持つと言っちまった。何しろわっちにはもう……」

「もう、何です？」

不自然に言葉を切った瑠璃へ、男衆は訝しげな視線を注いでいた。

――わっちにはもう、時間がない。

決戦の後、瑠璃は密かに陀天から宣告を受けていた。

そうして己の寿命が、残りいくばくかを知った。

「この四人には隠さずに言っておく。陀天さまから聞いた話じゃ、わっちはあと二年で死ぬそうだ」

男衆の表情が固まった。

「だから道満の成長には、残念だがほとんど関われそうにない。皆に丸投げしちまうも同然になるのは心苦しいけど——」

「待てよ。なあ、冗談だろ？　あと、たったの二年だなんて、そんなの」

途切れがちにこぼすなり、豊二郎はくしゃ、と顔を歪めた。何か言いたくとも、こみ上げる感情が邪魔して言葉にならないらしい。

そのうち頰を伝いだした涙を見て、瑠璃の胸は知らず痛んだ。

「……お前は何だかんだ涙脆いのな。まだ生きてるんだから泣くんじゃねえよ」

「ねえ、瑠璃さん」

俯いてしまった錠吉と権三に挟まれながら、栄二郎だけはただひとり、まっすぐに瑠璃を正視していた。

「それ、本当のこと？　だって信じられないよ。今こうして普通にご飯を食べて、飲んで、歩きまわれて、見るからに健康としか言いようがないじゃないか。瑠璃さんはまだ二十代なんだよ、なのにあと二年？　これから二年の間に何か起きるとでも？　怪我をしたり、病に罹《かか》ったり？」

いつもの朗らかな口ぶりとは打って変わり、青年は口早に反論を連ねた。彼の声に含まれているのは焦りか、不審か、悔しさか。あるいはそのいずれもか。

「何かよくないことが起きるっていうなら俺が一緒に気をつける。そうだ、そもそも陀天さまのお告げだって絶対に当たるとも限らないよね？　きっと何かの間違いだよ、でなきゃ残り二年だなんてのは――」

「自分でもわかるんだよ。もう長くは生きられないってね」

途端、栄二郎の瞳が揺れた。

外見は至って健康でも、道満との戦いで放出した風の反動は、明らかに瑠璃の寿命を蝕んでいた。人はややもすれば己の死期を悟るというが、瑠璃もまた然り。理屈ではなく感覚で、稲荷大神の宣告が真実だと、認めざるを得なかった。

「そりゃ陀天さまからあと二年だって言われた時は愕然としたさ。けど、元から決戦で全力を出し切る腹だったんだ。それで勝てたなら悔いはないとも。むしろあと二年も残ってるなんてめっけものだよ」

悲嘆に暮れることはすまい。どう足掻いてもあと二年で死ぬとわかっているなら、かえって何でもできると切り替えた方が得であろう。これは決して痩せ我慢などではなかった。

「しかも普通は余命を知ることなんてできやしないんだから、教えてもらえたわっちはある意味で運がいいとは思わねえか？」

男衆はみなもの言いたげな顔をしたが、しかし無言を貫いていた。瑠璃の声音があまりにも冷静なために何も言えなくなったのだろうか――否。

瑠璃だけでなく四人の男衆も、京での戦いを通じて切に学んできたのだった。

この世に生を授かった以上、死が避けられぬ宿命であることを。死は誰にも等しく訪れるものであり、例外は、ないのだということを。

「皆、そんな顔しないでくれ。ただrealさ、こう言ったら矛盾してるかもだけど……」

同志たちの心情を悟った瑠璃は、

「……哀しんでくれて、ありがとう」

と、にっこり微笑んでみせた。

「さ！　湿っぽい空気はこれで終いだ。あと二年の命だからこそ楽しんで生きねえとな。何せまだまだやりたいことがたんまり残ってるんだ、落ちこんでばっかじゃ時間が勿体ねえや」

明るい声に男衆はようよう視線を上げた。

「まずは江戸に戻って宝来と新しい連を作らないとだし、黒雲の五代目についてはまた皆の力も貸してほしい。ほら、結界とか真言に関しちゃわっちより皆の方が一家言あるだろ？　あとは――あ！　しまった、一番言わなきゃいけねえことを忘れてた。栄二郎、お前、わっちと所帯を持ってくんねえか？」

「……え？」

突拍子もない言に男衆は再び固まった。

錠吉は眉間に皺を寄せ、権三は目を点にする。豊二郎は――ぽかんと口を開け放心している様からして、発言の意味をしかと呑みこめていないらしい。静まり返った中で聞こえるのは、がやがやと騒がしい妖らの笑い声だけだ。

奇妙な沈黙がひとしきり流れた後、権三がためらい気味に口を開いた。

「えっ、と、瑠璃さん？　俺たちは場を外しやしょうか、ね」

「は？　何で？」

「何でって！」

そう声を張ったのは錠吉だ。

「ありえない。あなた〝雰囲気〟というものをご存知ですか？」

「お前が言うのか、錠……」

豊二郎は魂が抜けたかのように硬直したまま。片や瑠璃は「雰囲気」と口の中で繰り返してみた。

「……桜の宴よりいい雰囲気があんのか？」

「あのですね瑠璃さん、たぶん錠が言いたいのはそういうことじゃないですよ」

「はァん？　まあ細かいことはいいじゃねえの、なあ栄二郎」

そうにこやかに問いかけた瑠璃は、一転して顔をしかめた。

当の栄二郎が口を真一文字に引き結び、顔中を茹《ゆ》で蛸のごとく真っ赤にし、さらには全身をぷるぷると震わせていたからだ。彼のかような形相は、未だかつて見たことがない。

――えっ……何それ、どういう感情……？

瑠璃はたちまち不安になった。

決戦が終われば想いを告げようと決めていたものの、よくよく考えれば定まっているのは己の気持ちだけで、彼の気持ちは想像の域を出ないのだ。吉原で恋心を明かしてくれたのとて六年以上も前のこと。以後に心変わりしていないとも限らない。今なお想ってくれていると考えるのは、やはり自惚《うぬぼ》れだったのではなかろうか。

「なあ、駄目か……？　わっちゃ婆さんになるまでは生きられないだろうけど、残りの人生をお前と一緒に歩みたい。また我儘って思われるかもしれないし、酷なことを言ってるのもわかってるけど、叶うなら、最後の時まで隣にいてほしい。わっちは、栄二郎、お前のことを愛してるんだ」

「——ちゃだよ——」

「え？　何？」

ぼそりとつぶやかれた声に耳を傾けたその瞬間。

「もう、もう、感情がぐちゃぐちゃだよ！」

栄二郎はぶわりと泣きだした。

「あと残り二年って言ったり所帯を持とうって言ったり、何なのそれ！　駄目かだって？　そんなわけないじゃんか！　瑠璃さんが嫌って言っても、俺は最後までずっと一緒にいるからね！」

泣きながら怒る栄二郎に、片や瑠璃は面食らってしまった。

「おっほほォいお前ら、何の騒ぎだァ？　んん？」

そこへやってきたのは千鳥足になった髑髏の首から下である。肝心の頭蓋は、後ろからのっしのっしと歩いてきた黒狐が肴代わりにしゃぶっていた。

がしゃは相当呑んだのだろう、呂律《ろれつ》がまわらぬ口調で栄二郎に絡み始めた。

「なあに泣いてんだ栄二郎ゥ。めでてえ宴なんだからお前も泣いてねえで呑めよ、ほらほらあ」

一方で頭蓋をしゃぶる陀天は平然と瑠璃に目を留めた。

「これそなたら、余興が足りひんえ」

「よ、余興、ですか？」

「せや。東の謡い女に剣舞《けんぶ》を所望する。飛雷どのも、よろしいですやろ？」

すると陀天の足元を這っていた黒蛇は頷いた。

「瑠璃、我を持つがよい」

「え、えぇえ……」

男衆に見送られ、さあさあと陀天に急かされるがまま、瑠璃は黒刀に変じた飛雷を手に舟へと乗りこむしかなかった。

「ったく、陀天さまってば強引なんだから」

「ふん、そう言うてやるな。陀天の奴、お前の舞いを直に見たいと常々思うておったそうじゃぞ？　結構なことじゃろうて」

飛雷と言葉を交わしながら、瑠璃は左腕で舟を漕ぐ。ギィ、ギィ、と舟は波一つない法成就池を滑るように進んでいき、やがて善女龍王社の前で停止した。

舟の上より見渡してみれば、ほとりに集まった妖や狐たちがそわそわと舞いが始まるのを待っていた。男衆がこちらを見つめる温かな視線も感じられる。息を吸いこみつつ夜空を仰ぐと、春の香りが体中に染み渡った。

極楽浄土に広がる情景とはかようなものであろうか。月や星を映す幻想的な池の輝き。優しい風が吹き、桜の花びらを運んでくる。世界のすべてが、調和の中にある。

同志がいて。

友がいて。

相棒がいて。

人生の伴侶がいて。

大切な者がみな、ここにいる。

――ああ、生きてるって、こういうことか……。

美しく愛おしい世界に、今この瞬間、存在している。

胸の奥から湧き上がる感情に身を委ね、瑠璃はたおやかに舞いを始めた。

十

東海道へと繋がる三条大橋を渡りきった黒雲は、名残惜しくも振り返る。豊二郎の横にはひまり、瑠璃と権三の間には麗が、やはり寂しげな面持ちで立っていた。

「ううっ。あと少しくらいゆっくりしていけばよかろうに、本当にもう行ってしまうのか……」

ひとり涙に暮れているのは安徳だ。師匠の泣き顔を前にしているというのに、錠吉は相も変わらず淡々としていた。

「安徳さまも法要のためいずれまた江戸にいらっしゃるのでしょう。泣く必要などないのでは」

「冷たいッ。錠吉よ、老いた師に向かって何たる言い草じゃ。もっと老人を労《いたわ》ってはくれんのか？」

「師匠らしく酒を断ってくだされば考えますけどね」

一方で瑠璃は腰を折ると、妖狐の頭を撫でまわした。

「じゃあな宗旦、色々と世話になった。これからも達者でいてくれよ」

「うん……」

「そうしょんぼりするなって。お恋たちもあとしばらく京で遊ぶって言ってることだし、寂しくないだろ？」

塩垂れていた宗旦は、ややあって顔を上げた。

「あんな、瑠璃はん。おいらな、稲荷神に昇格することになってん」

聞けば先の決戦で狐軍の一員として戦った功績が、陀天から高く評価されたのだという。初めて会った時はおどおどしてばかりで会話することすら難しかったものだが、妖狐はいつしか稲荷神となるにふさわしい、勇敢な心を得ていたのだ。瑠璃にとっても感慨深い報告であった。

「ならこれからは〝宗旦稲荷さま〟か？　そりゃあよかったじゃねえか、お前さんも稲荷神になりたいって望んでたもんな」

「うん。ほんでな、神通力の修行は短くても一年半くらいかかるそうやねんけど、それが終わったら江戸に遊びに行ってもええ？　ほら、吉原狐の皆さんみたいに稲荷神の穴を使って移動できるから」

ああ、と瑠璃は首肯した。

──一年半くらい、か。

余命の話は、男衆以外にしていない。中でも陽気な妖たちに明かすのはどうしても気が咎めたため、男衆にも伏せてもらうよう頼んである。当然ながら妖狐も知らぬことなのだが、

──死ぬまでにもう一度、宗旦と会えるかもしれない。

今生の別れになると覚悟していただけに喜びもひとしお。瑠璃の返事を受けて、宗旦は嬉しそうに耳を立てていた。

「おぉい、お前さんたちもまた京に来るんじゃぞぉ。気をつけてなぁ」

「またね皆ぁ、きっとまた会おうね……」

手を振る安徳と宗旦に別れを告げ、一同は三条大橋を後にした。

馴染みの妖たちは帰り道に同道しない。どうやら京で知りあった妖とさらに意気投合してなかなか帰る踏ん切りがつかないらしく、せめてあと一度は百鬼夜行に繰り出したいとのことであった。元より自力で京までやってきた彼らのことだ、帰りも何ら心配はいらないだろう。

「あらお鈴《すず》、どうしたの？　ごめんね、起こしちゃったかしら」

歩く振動が嫌なのか、ひまりの背で眠っていた赤子が急に愚図《ぐず》りだした。

「よっしゃ！　じゃあ今度は父ちゃんが抱っこしてやっからな」

勇んで言うと豊二郎は妻の背から娘を抱き上げる。あやされた赤子はしかし、どうにも機嫌が直らぬようでバシバシと豊二郎の顎を殴った。

「痛《い》ででえッ。何で母ちゃんの腕では暴れねえのに俺ん時だけ……」

「うふふ。利かん坊なのは豊さんと一緒ね」

豊二郎とひまりの娘は、豊二郎の母から一字を取って「鈴」と名がつけられた。ひまりの柔和さも垣間見えるとはいえ、顔立ちや雰囲気はほとんど豊二郎に瓜二つ。きっと負けん気の強い女子に育つことだろう。一家の発言権はひまり、お鈴、豊二郎の順となるに違いない――三人の様子をぼんやり眺める他一同は、そんなことを考えていた。

と、錠吉の背からもむずかる声がする。だがこちらはお鈴と異なり至って控えめな泣き声だ。錠吉は背に両手をまわすと赤子の尻を軽く叩いた。

「何だ閑馬。腹は膨れているだろうに、お鈴の声につられたか？」

錠吉が、赤子をおぶっている。恬淡《てんたん》として女っ気の欠片《かけら》もない錠吉が、真面目一辺倒のあの錠吉が、小さな赤子を。

その取り合わせがあまりにも違和感にあふれているせいで、瑠璃、栄二郎、権三はいきおいしかめっ面になるのを禁じ得なかった。

赤子となった道満が、今度こそ人として生を全うできるよう、自分が慈鏡寺《じきようじ》で育てる——こう錠吉から宣言された時、瑠璃は思わずのけぞった。せめて死ぬまでは瑠璃自身が赤子を育てるつもりで、その後は栄二郎か、あるいは豊二郎とひまりに託せないかと考えていたからだ。よもや錠吉が自ら進んで手を上げるとは夢にも思わなかったのである。

が、何でも錠吉は前々から慈鏡寺を継ぐ弟子を取りたいと考えていたそうで、「なぜ驚くのです」とまっすぐな目で瑠璃に問い返すほど、赤子を育てることを自身の使命と思い定めていたらしかった。

「さあ、これで泣き止むんだ」

無表情にでんでん太鼓をまわす錠吉。なお静かにしゃくり上げる赤子。後ろを歩いていた瑠璃は、

——いやはや……錠さんに任せて大丈夫かな、ほんと……。

信用していないわけではないにしろ、赤子——閑馬の将来像がてんで想像できずにうなってしまう。もっとも一つ言えるのは、錠吉も温かな愛情をもって赤子を育てて

くれるだろうということ。真面目すぎる性格がうつる可能性は大いにあるが、錠吉が目を光らせているなら赤子もきっと正しく生き直せるだろう。彼の中に残った、百瀬の三兄妹の魂とともに。

とその時、権三が不意に歩みを止め、

「麗。これからお前さんはまた、宝来の人らと一緒に暮らすんだよな」

「……ん」

瑠璃は栄二郎と顔を見あわせた。

なぜだろうか、権三も麗もしゅんと気落ちしているように見えたのだ。

——もしかして。

思い当たる節はある。決戦の後も塒でともに過ごすうち、麗は権三によりいっそう懐き、権三も麗を一段と可愛がっていた。二人連れ立って食材の買い出しへ出かけ、台所に仲睦まじく立つ光景は瑠璃も何度となく目にしたものだ。そうしているうちおそらく両者とも、互いに離れがたくなってしまったのだろう。

「もし、もしだぞ」

権三は膝を曲げ、自身より遥かに背が低い童女と目線をあわせた。

「もしお前さんがよければ、なんだが……浅草で、俺と一緒に住まないか」

「えっ？」

「料亭の稼ぎがあるから金子《きんす》の心配はいらないし、もちろん宝来の人らが住む場所と行ったり来たりするのでもいい。四月《よつき》ほど一つ屋根の下で生活してたら、何だか、お前さんのことが娘のように思えてきてな」

すると些か意外なことに、麗は即座に答えを出した。

「嬉しい。ウチも権三のこと、おっ父みたいに思っとった。本当のおっ父には会ったことないけど……」

父親というのは、こういう存在なのかもしれない——果たして権三の醸し出す安心感は、童女に父性の温もりを与えていたのだった。

つと、瑠璃と麗の視線が重なった。もじもじと面映《おもは》ゆい表情をする童女に、瑠璃は白い歯を見せる。

「わっちも嬉しいよ麗。料亭の方にも栄二郎ともども、頻繁に顔を出すからな」

瞬間、麗の面差しがぱあっと光り輝いた。

「——うん！」

それは瑠璃が初めて目にする、少々ぎこちなくもあどけない、十三の少女らしい笑顔であった。

——見てるか正嗣《まさつぐ》。お前さんの娘はきっと、強くて優しい女子になるよ。

やいのやいのと言いながら娘を愛でる豊二郎とひまり。閑馬をおぶう錠吉。そして権三と麗が手を繋ぎあって歩く後ろ姿を眺めながら、瑠璃はそっと己の腰元を指先で撫でた。

「起きてるか、飛雷」

「……うむ」

例のごとく帯に巻きついた黒蛇は、物憂げに返事をした。

次に来る問いを、すでに悟っているかのように。

「お前は今もまだ、死にたいと思っているか？」

「…………」

栄二郎の気遣わしげな眼差しを感じつつ、瑠璃は言葉を重ねた。

「前に言ってたよな、〝何のために生きているのか〟って。わっちもさんざっぱら小難しく考えちまったけどさ、本当は、生きる意味なんて別になくたっていいと思うんだ。この世に生を享《う》けたのは運命。生きてるだけで奇跡。それに感謝するだけでいいじゃないか。生と死に理由を求めたって答えは一つじゃないから心が疲れるばっかりだし、意味なんか考えずにいられる方が、たぶん幸せなんだろうしな」

ただし、何かのため、誰かのために生きようと決めた時、その志は必ずや人を強くする。龍神も同じに違いあるまい。

地面に下りるよう告げると、飛雷は怪訝そうにしながらも腰元を離れた。

黒蛇と向かいあい、屈みこんだ瑠璃は、相棒の両目を改めて見つめる。

「わっちとお前は生きるも死ぬも一蓮托生――だが、お前まであと二年で死ぬ必要はないだろう」

「どういう意味じゃ？　我とお前の魂は」

「封印で、密に繋がってる。そのとおりだ。ましてこの封印は龍神のお前がどれだけ解こうとしても解けなかった」

言いながら瑠璃は胸元に手を添えた。そこにあるのは鉤爪《かぎづめ》にも似た三点の印。瑠璃の実父が施した、邪龍を抑えこむための印である。

「けれどこの印は不可侵のものじゃないはず。五歳までの記憶しか残っちゃいないが、わっちの生みの父は優しい人だった。そんな人が、絶対に解けない封印を娘に施すはずがないんだ」

「よもや、お前――」

瑠璃はゆっくりと頷いた。

「ああ。封印を解く鍵は、わっちの方にあったんだよ」

読み取りにくい蛇の表情からも、確かな驚きが伝わってきた。

滝野は龍神、廻炎を救った一族。傷ついた神を労り、慈しむ心を継承する一族だった。仁慈《じんじ》の精神はおそらく邪龍であった飛雷にも注がれていたことだろう。詰まるところ瑠璃の実父、東雲は、飛雷の扱いを娘に託したのだ。邪龍として身に封じ続けるのか、はたまた善龍として解き放つのかを。

かつて恨みの念に囚われていた飛雷は幾度となく封印を断とうと試みたが、結局は叶わずに終わっていた。その後、恨みを手放してからは瑠璃と生死をともにすることを覚悟した。一方で瑠璃は、飛雷にできぬことが自分にできる道理もなかろうと、封印を断つ試みすら一度もしたことがなかった。

今、この瞬間に至るまでは――。

「飛雷。わっちは、お前を自由にする」

心を籠めた言霊はすぐに効力を発揮した。

すう、と瑠璃の胸元から印が消えていく。龍神の魂の半分が、心の臓から抜け出て黒蛇の中に移っていく。途端、黒蛇の体がほのかに発光した。

瑠璃も、飛雷も、無言のうちに理解していた。

封印は解き放たれた。

双方の魂は完全に分離し、飛雷が瑠璃の心の声を聞くことも、これ以上はないのであろうと。

「なあ飛雷。お前が今もこうして生き続けているのは、罰を受けるためなんかじゃないよ。わっちが自信を持って断言してやる。だから、もう、死にたいだなんて思わないでくれ。わっちにはお前が大切なんだ。お前に、生きていてほしいんだ」

瑠璃を見つめ返す飛雷は微動だにせず、まるで何かをこらえるかのように蛇の口元を結んでいた。

「わっちに命の取捨選択はできなかったけど、それをお前に強いるつもりはない。ただ、やっぱり、元は兄弟だもんな。これからもお前の気持ちも同じなんだろうって、今ならわかるよ。龍神の想いを繋ぐため。お前も日ノ本を守り、お前が尊いと思う大切なものを守り続けるためにも……わっちが死んだら、後を頼むぞ」

長い熟考を挟んで、飛雷は黙したまま、鎌首を縦に振った。

するすると、いつものように黒蛇が腰元に収まったのを確かめて、瑠璃は東海道を顧みた。

京の景色はもう見えない。

およそ一年半にわたる滞在を心に想起しようとして、しかし瑠璃はかぶりを振る。濃密な出来事の数々はとても言葉では表せず、また切なさや哀しみを振り返ってばかりというのも、残りの寿命を考えれば勿体ないことではないか。

――今からの二年間は、一日、一日を人生で最高の日にするんだ。

余生は死に向かうためでなく、胸躍るような日々のためにあるのだから。

ふと視線を転じれば、栄二郎がこちらに手を差し出している。その手に己の左手を重ねると、瑠璃は微笑んで前を向いた。

たとえ志が向かう結果を、見届けることができずとも。

――最後のその時まで、精一杯に生きよう。

「さあ、帰ろう。わっちらの江戸へ」

終

「うわあ、ここが音に聞く京かあ。綺麗だなあ……！」

人で賑わう三条大橋に辿り着いた辰之介《たつのすけ》は、趣深い京の風景を見晴るかしてきらきらと目を輝かせる。

元号は寛政から二度変わって、文化《ぶんか》の世。

かの決戦から十七年が経った京には、今再び春の季節が訪れていた。

「お鈴も一緒に来ればよかったのにな。ねえねえ麗さん、父ちゃんと母ちゃんたちが住んでたのはどの辺？　宝来の皆が住んでたのは？」

青年の笑顔につられ、黒刀を背負った麗もにこりと相好《そうごう》を崩した。

「四代目の塒ならここから北西の方やえ。だいぶ古かったさけ、今はもうないかもしれへんけどな。宝来がおったんはあの辺りや。ほら、向こうにも大きい橋が見えるやろ？」

指差した先にあるのは四条大橋だ。かつての宝来の住み処には砂利が敷き詰められているばかりで、「ぬっぺりぼう」なる蔑称で呼ばれる者は、もうどこにもいない。鴨川の岸辺に掘っ立て小屋を建てて暮らしていたのが、ずいぶんと昔のことのように思えた。

「ちょ、ちょいと待ってよ二人とも、置いてかないでって言ったのに……」

と、そこへ追いついたのは辰之介と同じ年頃の青年だ。

「つたく、閑馬はとろいんだからさァ」

「辰之介の足が速すぎるんだよ！」

「何だそれ、自分が遅れたのを俺のせいに——」

「はいそこまで。また喧嘩するなら江戸に文を送って言いつけるえ？　栄二郎さんと、錠吉和尚にな」

ぴしゃりと言えば、辰之介と閑馬は揃って「うっ」と言葉を詰まらせた。

辰之介は十六歳。彼は、瑠璃と栄二郎の間に生まれた子である。その名には龍を介《たす》け、龍に介けられる人となるよう願いがこめられた。顔立ちは母親そっくりの美形に整っており、勝気でぶっきらぼうなところも同じであったが、

「……仕方ねえなあ。おい閑馬、ゆっくり歩いてやるからもうはぐれんなよ。ここは

人も多いからな」

そう言ってさりげなく閑馬の袖をつかんでやるところは、栄二郎の性分をよく受け継いでいると言えよう。

「あ、ありがとう。それはそうと麗さん」

「ん？　何や？」

「俺さ、この景色、妙に懐かしい気がするんだけど、何でだろう？」

不思議そうに首をひねる閑馬は今や数えで十八。当然と言えば当然だが、彼は蘆屋道満をそのまま若くした面立ちに成長していた。

「ここに来るのは初めてなのに、全然初めてじゃないみたいだ。この橋も、川も、町並みも、何でか前に見たことがある気がして」

「……ほうか。不思議やね」

どうやら既視感を覚えてはいるものの、成長した彼にも昔の記憶——京びとであった蘆屋道満としての記憶が蘇ることはないらしかった。生まれつきの気質なのか閑馬にはどこか臆病で抜けている面が多々あるのだが、師匠である錠吉の背を見て育ったからだろう、彼は実直かつ極めて素直な青年になっていた。

「んで？　まずはどこへ行くんだい麗さん？」

華やかな京の景色に目を移しながら、辰之介が問うてきた。

「せやなあ、最初は挨拶まわりかな。東寺に参って、稲荷山にも参って」

「山に登るのっ？　それって、もしかしてだいぶきつい……？　その前にせめて休憩しない？」

「弱音ばっか吐くなよ。でも確かに、ちっとばかし腹減ってきたなあ」

ぐぅぅ、と辰之介の腹が鳴るのを聞いた麗は思わず苦笑いした。

――ふふ、大食らいなとこも瑠璃とおんなじやな。

「ほな先に腹ごしらえしよか。この道をまっすぐ行ったところにええ茶屋があったはずやさかい」

「うし！　行くぞ閑馬！」

「な、ゆっくり歩いてくれるんじゃなかったのか？　ていうか俺、一応お前より年上なんだけど……っ」

喜び勇んで駆けだす辰之介。袖を引っ張られて否応なくついていく閑馬。若さあふれる二人の青年を見つめ、麗は目を細めた。

三条通を行き交う人々は誰もが春の陽気に顔をほころばせ、溌剌《はつらつ》と言葉を交わしあっている。空に雲は一つとしてなく、京に満ちる気は清らかなままだ。生死を懸けた激しい決戦から、時が経った今もなお。

三十路《みそじ》となった麗の額には、黒く小さな突起物、鬼の角が変わらず残っている。瑠璃から角の除去を提案された麗は、悩み抜いた末、断ることに決めたのだ。初めこそ半人半鬼ではなくただの人間になれるのだと内心で喜んだものの、段々と考えが変わったのである。

麗の中に流れる鬼の血は、すなわち実父、正嗣の血。それを否定することは父や、ひいては今までの自分自身を否定することにもなってしまう。何より瑠璃たち四代目黒雲と触れあった麗は、「鬼の想いを守る」という彼らの志に感銘を受けた。

この世には、鬼を恐ろしいものとして遠ざけるのでなく、寄り添おうとする者たちがいたのかと。

——ならウチも……鬼の血を継ぐウチも、鬼の気持ちに立って、哀しみに深く寄り添えるかもしれへん。

鬼の血を忌むべきものとして嫌うのではなく受け入れる。それは瑠璃を許し、生き鬼となった父の愛を知り、そして黒雲とともに決戦を戦い抜いた中で導き出した答え。半人半鬼として生き続けることを自ら選択した麗には、それまで見ていた世界がまったく違って見えるようになった。瑠璃は麗の決断に戸惑いながらも、そう決めたならと賛同してくれたのだった。

四代目の黒雲頭領——瑠璃は、決戦から二年後、辰之介を産んで間もなく二十九歳でその生涯を閉じた。稲荷大神の宣告どおりに。彼女自身が悟っていたとおりに。

死期を知らされていなかった麗や馴染みの妖たち、折しも江戸を訪れていた宗旦は突然すぎる死に涙した。さりとて麗は、なぜ教えてくれなかったのかと憤る気にはなれなかった。それは言いたくとも言えなかったのだとわかっていたから。麗たちが哀しむのと同じくらい、瑠璃も別れが辛かったのだと、理解していた。

死ぬと悟っていたゆえだろう、瑠璃は会うたび麗を隻腕で抱きしめ、惜しみなく愛情を言葉にして伝えてくれた。いついかなる時も麗の味方となり、どんな意見でも決まって尊重してくれた。麗もまた瑠璃に「家族」としての愛情を覚え、そして彼女の死を通して、自らの生き方を見つめ直した。

瑠璃とともに築いた連は「浄土連《じょうどれん》」と名付けられ、京の宝来や江戸の下層民たちを含む総勢百名の規模となっていた。わけても若く気力に富む者は黒雲の新たな後継者として錠吉、権三、豊二郎、栄二郎の薫陶《くんとう》を受け、戦闘員や結界師として今も研鑽《けんさん》を積んでいる。

瑠璃の死から程なく、四人の男衆は浄土連の全員を集めてこう告げた。

次は麗が、五代目黒雲の頭領になると――。

養父となった権三はやや不安げであったが、これは麗自身も望んでいたこと。半人半鬼の力を有し、陰陽師としての心得を持つ麗ならば黒雲の後継者たりえるだろう。皆を立派に導いていけるだろうと、反対する者は誰ひとりとしていなかった。

そして気がかりであった、蘆屋道満の予言については、

「あんたさんも聞いたやろ？　出島《でじま》に異国の船がやってきたゆう話や」

京の町人が噂する声に、麗はついと耳をそばだてた。

「それそれ、無断で来よった上に商館を襲ったり薪水《しんすい》を奪ったりしたそうやないですか。ホンマ異国の人間ゆうんは滅茶苦茶なことしよるえ。怖いどすなァ」

「まあ江戸のご公儀《こうぎ》がどうにかしはるんやろうけどな。異国やろうが何やろうが、お武家さんのおる日ノ本には誰も手出しできまいて」

――異国の船……。

今より一年前、長崎港に侵入した英吉利《イギリス》の軍艦が人質を取り強奪騒動を起こした。後に称される「フェートン号事件」である。この一件は鎖国の堅持を唱える幕府を大いに震撼させた。何しろその前年にも蝦夷《えぞ》の近郊が露西亜《ロシア》の軍に襲われていたのだ。

これら不穏な兆候が道満の述べた動乱に繋がるのか、「黒の異形」が何を指すのかも

依然として不明なまま。しかしながら、何かしら事が起こる前に備えをしておくべきなのは変わらない。

黒の異形が来るという予言の時まで、あと四十四年。

そこで麗たち五代目黒雲はより勢力を拡大しておくべく、京に黒雲の「京都支部」を作ることを決めた。予言を信じるなら鬼が再び江戸にも京にも跋扈《ばっこ》するようになるからだ。

辰之介や閑馬を伴った此度の上洛は、支部作りの下見をするためであった。

「おうい麗さあん！　ここの茶屋だろ？　早くおいでよ」

と、辰之介が道の向こうで手招きするのが見えた。どうやらよほど腹が空いていたらしく、すでに団子を山盛りに注文している。片や引きずられていた閑馬は床几《しょうぎ》の上でぜえぜえと息を切らしていた。

遅れて茶屋に辿り着いた麗は二人とともに床几に腰掛けようとして、ふと、視線を巡らせた。

今いるのは二条城から程近い場所にある辻茶屋だ。北へ走る細い道の奥には、かの神泉苑がある――そう思った途端、在りし日の一場面が、鮮やかな色をもって麗の胸に迫ってきた。

妖や狐もまじえた勝利の宴。

あれも今と同じ春だった。

美酒に酔い、味わい深い料理に舌鼓を打ち、みなで笑いあった記憶――されど今、あの場にいた者たちの中で、一人だけが浮世にいない。

――瑠璃……。

天を仰いだ麗は、やがて静かに微笑んだ。

――大丈夫。みんな息災にやっとるよ。四代目のみんなも、妖たちも、辰之介に、閑馬も……それと、飛雷さまも。

背に担いだ黒刀が言葉を紡ぐことはない。最後の龍神、飛雷は、瑠璃の死を受けてしばしの眠りについた。

――我の力が必要となりし時、再び目覚めよう。

と、短く言い残して。あれが飛雷なりの弔意だったのだろう。誰より長く、かつ誰より身近にあり続けた飛雷にとって、瑠璃は間違いなく唯一無二の存在だった。瑠璃が飛雷を大切に想っていたのと同様、寡黙な黒蛇も彼女を相棒として、家族として愛していた。その死をしかと受け止める時間が、飛雷には必要だったのだ。

他方、辰之介と閑馬は瑠璃のことを何も覚えていない。彼女が死した時、息子の辰之介は産まれたばかり。閑馬もまだ物心つかぬ幼子だった。瑠璃の姿は栄二郎の描いた絵で見ることしかできず、四代目の黒雲頭領がいかなる人物であったのか、二人が直に実感することはこの先も叶わない。

だからこそ、

――瑠璃の心は、ウチらが二人に伝えていく。瑠璃の想いは、ウチらがきっと繋いでいく。哀しい鬼が生まれない世の中、差別のない世の中になるように。いつまでも、いつまでも。

今なら心から言える。

「生まれてきてよかった」と。

――この血と一緒に生きていくって決めたら、自分のことがやっと好きになれた気がしたんや。恥ずかしくて口には出されへんかったけど、そう決められたんは、瑠璃と出会えたからなんやで。同じ志を持つ人たちと生きる幸せ、誰かを頼って、頼られて生きる幸せを知れたんは、瑠璃のおかげなんやで。だから……。

ありがとう。小さくつぶやいた言葉は、空へと溶けていった。

暖かな春の気を肌に受けながら、麗は胸の内に亡き人の面影を思い浮かべた。
桜吹雪が散る神泉苑にて、誰もの心を魅了した唱《うた》と舞いを。
強く、美しく煌めいた、瑠璃という女の生き様を——。

〽桜よ桜　花びらはいづこへ
御魂《みたま》よ御魂　心はいづこへ
生を織り成す　色身《しきしん》　法身《ほっしん》
形ある命あらば　形なき命もまたここに
たまゆらに崩れ残らぬ躰《からだ》は泡沫《うたかた》
やむごとなきは人の想ひ
いかが生くや　心に問わば
次なる世へ残しゆくべき想ひこそ
まほろばを築くものならざらむや

〽萌ゆる花のめでたきは　散りゆく運命《さだめ》と知るがゆえ

死なかりせば生もまたなし
落ちゆく種はまた芽吹かむ
風は雷を呼び　雷は火を熾《おこ》す
森羅万象の生かしあふこと　春夏秋冬の巡ること
溶けては蘇る　鉄《くろがね》のごと　命は千代に八千代に巡る

〽いざ歌へ　いざともに踊れ
残しゆく火の　実《げ》に細くささやかなりとも
あらたまの火　さやかな　燈《ともしび》となりて手渡され
幾星霜《いくせいそう》の世を照らす光とならむ
死すとも大いなる命へ還りゆけば
哀しむなかれ　空をあふぎ歌へ
忘るるなかれ
死なるはゆめゆめ終はりならず
万世《ばんせい》は生と死を繰り返す
よろづの命よ　いざ手を取りあひて踊れ

〽嗚呼《ああ》　同志よ友よ
かくも愛しきうつし世よ
さやうなら
さやうなら
輪廻《りんね》の理を経て
いつかまた　巡り会ふ時まで

（京都・不死篇　了）

本書は書下ろしです。

|著者|夏原エキジ　1991年千葉県生まれ。上智大学法学部卒業。石川県在住。2017年に第13回小説現代長編新人賞奨励賞を受賞した『Cocoon－修羅の目覚め－』でいきなりシリーズ化が決定。その後、『Cocoon2－蠱惑の焔－』『Cocoon3－幽世の祈り－』『Cocoon4－宿縁の大樹－』『Cocoon5－瑠璃の浄土－』『連理の宝－Cocoon外伝－』『Cocoon 京都・不死篇－蠢《しゅん》－』『Cocoon 京都・不死篇2－疼《とう》－』『Cocoon 京都・不死篇3－愁《しゅう》－』『Cocoon 京都・不死篇4－嗄《か》－』と次々に刊行し、人気を博している。『Cocoon－修羅の目覚め－』はコミカライズもされている。

Cocoon《コクーン》　京都《きょうと》・不死篇《ふしへん》5―巡《めぐる》―

夏原《なつばら》エキジ

講談社文庫
定価はカバーに
表示してあります

2023年5月16日第1刷発行

KODANSHA

発行者――鈴木章一
発行所――株式会社　講談社
東京都文京区音羽2-12-21　〒112-8001
電話　出版　(03)　5395-3510
　　　販売　(03)　5395-5817
　　　業務　(03)　5395-3615

デザイン―菊地信義
本文データ制作―講談社デジタル製作
印刷―――株式会社KPSプロダクツ
製本―――株式会社国宝社

Printed in Japan

ISBN978-4-06-531129-5

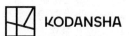

講談社文庫刊行の辞

二十一世紀の到来を目睫に望みながら、われわれはいま、人類史上かつて例を見ない巨大な転換期をむかえようとしている。

世界も、日本も、激動の予兆に対する期待とおののきを内に蔵して、未知の時代に歩み入ろうとしている。このときにあたり、創業の人野間清治の「ナショナル・エデュケイター」への志を現代に甦らせようと意図して、われわれはここに古今の文芸作品はいうまでもなく、ひろく人文・社会・自然の諸科学から東西の名著を網羅する、新しい綜合文庫の発刊を決意した。

激動の転換期はまた断絶の時代である。われわれは戦後二十五年間の出版文化のありかたへの深い反省をこめて、この断絶の時代にあえて人間的な持続を求めようとする。いたずらに浮薄な商業主義のあだ花を追い求めることなく、長期にわたって良書に生命をあたえようとつとめるところにしか、今後の出版文化の真の繁栄はあり得ないと信じるからである。

同時にわれわれはこの綜合文庫の刊行を通じて、人文・社会・自然の諸科学が、結局人間の学にほかならないことを立証しようと願っている。かつて知識とは、「汝自身を知る」ことにつきていた。現代社会の瑣末な情報の氾濫のなかから、力強い知識の源泉を掘り起し、技術文明のただなかに、生きた人間の姿を復活させること。それこそわれわれの切なる希求である。

われわれは権威に盲従せず、俗流に媚びることなく、渾然一体となって日本の「草の根」をかたちづくる若く新しい世代の人々に、心をこめてこの新しい綜合文庫をおくり届けたい。それは知識の泉であるとともに感受性のふるさとであり、もっとも有機的に組織され、社会に開かれた万人のための大学をめざしている。大方の支援と協力を衷心より切望してやまない。

一九七一年七月

野間省一

李良枝

石の聲　完全版

解説＝李　栄　年譜＝編集部

三十七歳で急逝した芥川賞作家の未完の大作「石の聲」（一〜三章）に編集者への手紙、実妹の回想他を併録する。没後三十余年を経て再注目を浴びる、文学の精華。

い－3
978-4-06-531743-3

リービ英雄

日本語の勝利／アイデンティティーズ

解説＝鴻巣友季子

青年期に習得した日本語での小説執筆を志した著者は、随筆や評論も数多く記してきた。日本語の内と外を往還して得た新たな視点で世界を捉えた初期エッセイ集。

りC3
978-4-06-530962-9

講談社文庫　目録

中島京子ほか　黒い結婚　白い結婚
奈須きのこ　空の境界（上）（中）（下）
中村彰彦　乱世の名将　治世の名臣
長野まゆみ　簞笥のなか
長野まゆみ　レモンタルト
長野まゆみ　チマチマ記
長野まゆみ　冥途あり
長野まゆみ　45°〈ここだけの話〉
長嶋有　夕子ちゃんの近道
長嶋有　佐渡の三人
長嶋有　もう生まれたくない
永嶋恵美　擬態
永井均 内田かずひろ 絵　子どものための哲学対話
なかにし礼　戦場のニーナ
なかにし礼　生きる力〈心でがんに克《か》つ〉
なかにし礼　夜の歌（上）（下）
中村文則　最後の命
中村文則　悪と仮面のルール
編／解説 中田整一　真珠湾攻撃総隊長の回想〈淵田美津雄自叙伝〉
中田整一　四月七日の桜〈戦艦「大和」と伊藤整一の最期〉
中村江里子　女四世代、ひとつ屋根の下
中野美代子　カスティリオーネの庭
中野孝次　すらすら読める方丈記
中野孝次　すらすら読める徒然草
中山七里　贖罪の奏鳴曲《ソナタ》
中山七里　追憶の夜想曲《ノクターン》
中山七里　恩讐の鎮魂曲《レクイエム》
中山七里　悪徳の輪舞曲《ロンド》
中山七里　復讐の協奏曲《コンチェルト》
長島有里枝　背中の記憶
長浦京　赤《セキ》刃《ジン》
長浦京　リボルバー・リリー
中脇初枝　世界の果てのこどもたち
中脇初枝　神の島のこどもたち
中村ふみ　天空の翼　地上の星
中村ふみ　砂の城　風の姫
中村ふみ　月の都　海の果て
中村ふみ　雪の王　光の剣
中村ふみ　永遠《とわ》の旅人　天地の理《ことわり》
中村ふみ　大地の宝玉　黒翼《こくよく》の夢
中村ふみ　異邦の使者　南天の神々
夏原エヰジ　Ｃｏｃｏｏｎ〈修羅の目覚め〉
夏原エヰジ　Ｃｏｃｏｏｎ２〈蠱惑の焰〉
夏原エヰジ　Ｃｏｃｏｏｎ３〈幽世の祈り〉
夏原エヰジ　Ｃｏｃｏｏｎ４〈宿縁の大樹〉
夏原エヰジ　Ｃｏｃｏｏｎ５〈瑠璃の浄土〉
夏原エヰジ　連理の宝〈Ｃｏｃｏｏｎ外伝〉
夏原エヰジ　Ｃｏｃｏｏｎ〈京都・不死篇—蠢《しゅん》—〉
夏原エヰジ　Ｃｏｃｏｏｎ〈京都・不死篇２—疼《とう》—〉
夏原エヰジ　Ｃｏｃｏｏｎ〈京都・不死篇３—愁《しゅう》—〉
夏原エヰジ　Ｃｏｃｏｏｎ〈京都・不死篇４—嗄《か》—〉
長岡弘樹　夏の終わりの時間割
西村京太郎　華麗なる誘拐
西村京太郎　寝台特急「日本海」《メモリー・トレイン》殺人事件
西村京太郎　十津川警部　帰郷・会津若松
西村京太郎　特急「あずさ」《アリバイ・トレイン》殺人事件
西村京太郎　十津川警部の怒り

2023年3月15日現在